PAI E FILHO, FILHO E PAI
E OUTROS CONTOS

LIVROS DO AUTOR NA COLEÇÃO **L&PM** POCKET

O ciclo das águas
Exército de um homem só
Dicionário de um viajante insólito
Doutor Miragem
Festa no castelo
A guerra no Bom Fim
Max e os felinos
Mês de cães danados
Pai e filho, filho e pai e outros contos
Os voluntários

Moacyr Scliar

PAI E FILHO, FILHO E PAI
E OUTROS CONTOS

www.lpm.com.br
L&PM POCKET

Coleção **L&PM** POCKET, vol. 275

Primeira edição na Coleção **L&PM** POCKET: novembro de 2002

Os contos "A amante", "O anônimo", "O dia seguinte", "Formigas postais", "Mensagens gravadas, quatro; bilhete, apenas um", "O assassino malgré-lui", "No tempo da tosse comprida", "Bibliografia comentada", "Gravando, gravando", "História do movimento obreiro", "Pai e filho, filho e pai", "Problema", "Meu melhor poema", "O censor", "Retorno" e "Descobertas" foram publicados no jornal *Correio Brasiliense*; o conto "Pênalti" foi publicado no jornal *Zero Hora*; o conto "A barriga do Papai Noel" foi publicado no jornal *O Estado de São Paulo*; os contos "Repouse em paz" e "Paixões orais" foram publicadas na revista *República* e o conto "Como era bela a escravidão" foi publicado na revista *Humboldt*.
Capa: Marco Cena
Revisão: Renato Deitos e Jó Saldanha
Produção: Lúcia Bohrer

ISBN: 85.254.1189-2

| S468p | Scliar, Moacyr, 1937-
Pai e filho, filho e pai e outros contos escolhidos / Moacyr Scliar. -- Porto Alegre: L&PM, 2002.
104 p.; 17 cm. (Coleção L&PM Pocket)

1. Ficção brasileira-contos. I. Título. II. Série.

CDD 869..931
CDU 869.0(81)-34 |

Catalogação elaborada por Izabel A. Merlo, CRB 10/329.

© Moacyr Scliar, 2002
Todos os direitos desta edição reservados à L&PM Editores
PORTO ALEGRE: Rua Comendador Coruja 314, loja 9 - 90220-180
Floresta - RS / Fone: (0xx51) 3225.5777
informações e pedidos: info@lpm.com.br
www.lpm.com.br

Impresso no Brasil
Outono de 2005

SUMÁRIO

Sonho 7
A amante 11
Repouse em paz 15
Paixões orais 21
Pênalti 29
A barriga do Papai Noel 32
Performance 35
O anônimo 37
Pontualidade 40
O dia seguinte 43
Formigas postais 46
Mensagens gravadas, quatro; bilhete,
    apenas um 49
O assassino malgré-lui 52
Contagem regressiva 55
Como era bela a escravidão 57
No tempo da tosse comprida 60
Bibliografia comentada 64
Gravando, gravando 68
História do movimento obreiro 70
Pai e filho, filho e pai 74
Problema 77
Meu melhor poema 81

O censor 85
Retorno 89
Descoberta 93
Sobre o Autor 97

SONHO

O maior sonho da viúva Ana era ver o filho formado em medicina. De modo que quando Jorge terminou o segundo grau e lhe anunciou que pretendia cursar a faculdade no Rio, ela não hesitou: vai, meu filho, vai. As despesas seriam pesadas e sentiria falta do rapaz, que estaria muito distante da pequena cidade em que viviam, no interior de Goiás; mas a carreira dele era mais importante. Agüentaria a separação desde que Jorge – única condição – lhe escrevesse todas as semanas.

Jorge foi, portanto. E nunca mais voltou. Esta história, é bom avisar logo, tem sonho, mas não tem final feliz.

Jorge fez vestibular. Várias vezes. Nunca foi aprovado. Era inteligente, mas alguma coisa acontecia com ele na hora do exame, dava-lhe um branco, errava questões elementares. Mesmo reprovado, contudo, não voltaria. Não fazia parte de seus planos trabalhar na lojinha da mãe, e além disto queria poupar a velha de um desgosto que, sem dúvida, a mataria: já tivera mais de um ataque cardíaco. De modo que mandou uma carta dizendo que já estava matriculado – o primeiro passo para realizar o sonho da mãe e o seu próprio.

Nos anos que se seguiram mandou muitas cartas, detalhando minuciosamente suas atividades no curso: "Hoje começamos a estudar anatomia". Seguia-se uma descrição dos órgãos encontrados na cavidade torácica; Jorge tinha comprado um livro sobre o assunto, que estudava exaustivamente. Nenhum estudante de medicina conhece anatomia tanto quanto eu, dizia à Sônia, a namorada. Sônia era lindíssima; outra razão pela qual Jorge não deixara o Rio.

"Hoje olhei pela primeira vez ao microscópio. Que emoção, mamãe." A visão da célula, a unidade por excelência da vida, que coisa comovente. E reveladora: como podia alguém entender o mistério da existência sem ter visto uma célula ao microscópio? E sem observar as reações de um ser vivo a estímulos inesperados? "Hoje injetamos adrenalina num camundongo. Que coisa, mamãe. Você precisava ver. O bicho parecia maluco."

Tudo aquilo estava muito bem, mas a mãe queria ver o filho num hospital, atendendo pacientes. De modo que – três anos já se haviam passado – ele escreveu: "Hoje examinei o meu primeiro doente".

A notícia deixou a mãe extasiada. Tanto que a próxima carta era uma pergunta atrás da outra. Que idade tem o paciente? (Vinte e dois, respondeu Jorge. A idade dele próprio.) De onde vem? (Do interior.) De que sofre?

Claro, Jorge poderia fornecer um diagnóstico qualquer, era só consultar o livro de clínica médica: é cirrose, é cardiopatia. Mas preferiu dizer a verdade: por enquanto não se sabia qual era a doença, que se manifestava por um vago mal-estar.

Consulta o médico, dizia Sônia, inquieta. Não se tratava só de mal-estar: Jorge estava emagrecendo a olhos vistos.

"Ele está emagrecendo, mamãe. O pobre rapaz perdeu dois quilos na última semana." Espero que não seja coisa ruim, disse a viúva, consternada: não queria que o filho assumisse o sofrimento de seu paciente. Jorge mostrava-se reticente: os exames não eram conclusivos, os médicos continuavam a investigação. Seu estado se agravou e Sônia decidiu não perder mais tempo: internou-o num hospital. Deixe-me avisar sua mãe, implorou. Mas Jorge mostrou-se irredutível. Se a mãe viesse, descobriria tudo, seria o fim do sonho que a mantinha viva. Continuou, pois, escrevendo cartas: "Ele não está melhorando". E acrescentava, com certo otimismo: "Mas os médicos aqui do hospital, os meus professores, já têm uma pista".

Mais que uma pista: tinham o diagnóstico. O câncer estava disseminado, metástases por toda a parte. A agonia foi rápida. Quase inconsciente, ele chamava ainda pela mãe.

Sônia acompanhou o corpo. A viúva Ana chorou muito ao conhecer aquela que seria sua futura nora. E perguntou sobre o curso que Jorge tinha feito. Brilhante, garantiu Sônia, entre soluços, o curso que ele fez foi simplesmente brilhante.

O que, para a viúva Ana, não era novidade. Ela tinha certeza de que Jorge daria um grande médico. Sonho de mãe não mente.

A AMANTE

Dizem que medo é o que assalta o homem quando ele não consegue pela primeira vez dar a segunda, e pânico, quando não consegue pela segunda vez dar a primeira. Mas, curiosamente, nem medo nem pânico assaltaram Amâncio quando o desejo o abandonou. Sentiu-se melancólico, sim, mas resignado; como se estivesse diante do declínio anunciado e previsto. Verdade que era um pouco cedo para tal declínio – recém tinha completado cinqüenta anos –, mas a natureza não tem regras e ele, fatalista, estava disposto a aceitar até mesmo os exageros do destino.

A mulher, contudo, não partilhava deste conformismo. Durante trinta anos – tinham a mesma idade – Aline fora fiel companheira, a mãe dedicada de quatro filhos. As rugas e os cabelos brancos davam testemunho de uma trabalhosa existência. Apesar das lutas e dos sacrifícios, contudo, não se deixava abater. Agora, com os filhos já criados e com a situação econômica estabilizada – Amâncio tornara-se proprietário de uma pequena empresa de transportes que ia bastante bem –, ela queria, em suas próprias palavras, gozar a vida. E isto incluía, naturalmente, sexo. De modo que as repetidas recusas do marido a princípio causaram-lhe decepção e logo raiva. Mesmo porque não podia acreditar que o marido, fogoso garanhão na juventude, estivesse tirando o time de campo. Uma idéia surgiu-lhe, uma idéia que logo se tornaria obsessão: Amâncio tinha uma amante. Só podia ser isto. Arranjara uma mulher mais jovem, mais bonita, mais carinhosa. Uma mulher que o satisfazia por completo. E aí não precisava da capivara velha, como ela mesmo se autodenominava, ironicamente (ironia era o seu forte).

Contudo, não faria como suas amigas, que eram corneadas pelos maridos e que sofriam em silêncio. Na primeira oportunidade, interpelou Amâncio:

– Você tem uma amante?

Estavam tomando café, na sala de jantar que agora – os filhos tendo deixado a casa – se tornara enorme.

Ele não respondeu de imediato. Pousou a xícara e ficou um instante a olhá-la, em silêncio. E aí disse:

– É. Eu tenho uma amante.

Outra faria um escândalo, atiraria a louça no chão, gritaria, ameaçaria se matar. Não Aline, que era dura, controlada – e muito prática, coisa de que aliás se orgulhava. O marido tinha uma amante? Muito bem, ela queria saber como era essa amante.

– É mais moça que eu?

– Não. Para dizer a verdade, tem mais ou menos a sua idade. Mas a troco de quê...?

– Não faça perguntas. Quem pergunta agora sou eu.

E perguntas tinha ela a fazer, muitas perguntas. Queria saber como era essa amante, como se vestia, que tipo de maquiagem usava. Queria saber como era na cama; que técnicas usava? Era só papai-mamãe, sexo convencional, ou era criativa?

A princípio constrangido, Amâncio deu por si a responder às perguntas com uma facilidade – e com uma imaginação – que a ele mesmo surpreendiam. Descreveu, em muitos detalhes, uma grande mulher, uma mulher que já não era jovem e que também não era bela, mas que sabia se vestir de forma atraente (demorou-se longamente na lingerie), e que, mais importante, sabia dar prazer a um homem e fazê-lo sentir-se bem. Aline ouvia em silêncio, um silêncio que deixou-o surpreso: que estranha forma de masoquismo era aquela?

Não era masoquismo, como ele logo descobriria.

No dia seguinte, quando voltou para casa, mal reconheceu Aline. Ela trajava um elegante vestido, um vestido que correspondia exatamente à descrição daquele usado pela amante imaginária. Além disto, estava maquiada, perfumada – e o recebeu com um sorriso e com um drinque, o que nunca acontecia.

Jantaram à luz de velas, e depois ela colocou

uma música suave e dançaram. Pouco a pouco o desejo foi se apoderando dele. Foram para a cama, e aí, mais surpresa: tudo o que Aline não fizera ao longo de todos aqueles anos, fazia agora. Um pouco desajeitada, naturalmente – faltava-lhe prática –, mas de qualquer maneira com uma ternura comovedora.

A partir daí a vida deles mudou. Passou a transcorrer sob o signo do romance – da paixão, mesmo. Aline constantemente inventava coisas novas. Chegaram a fazer amor sobre a grama, no pátio da casa, após um piquenique ao luar.

Amâncio está feliz. É o que ele diz aos amigos: está muito feliz. O único problema, naturalmente, é a amante. Ele tem a sensação de que a traiu, o que não deixa de lhe pesar na consciência. Agora: traição faz parte da vida, não é mesmo?

REPOUSE EM PAZ

Enriqueci com a venda dos Títulos Providência. Aos trinta e cinco anos, milionário, no perfeito gozo de minha saúde, rodeado de mulheres, decidi fazer alguma coisa por meu pobre amigo Bruno, o professor de Filosofia, o morador do Beco da Boiada.

Mandei chamá-lo. Veio ao meu escritório. Ali estava ele, um homem pequeno e feio, afundado na poltrona; cabelos ralos, barba vermelha, maltratada, camisa desbotada, calças rasgadas, sandálias empoeiradas. Figura deprimente – tão deprimente que só de olhá-lo eu desanimava. Mas, animado por meus propósitos de bom samaritano, fui em frente.

– Bruno, estou rico. Não: Bruno, estou *muito* rico. Bruno, fiquei milionário com os Títulos Providência...

Não me escutava. Olhava distraído pela janela. Olhava o rio, o rebocador que avançava lentamente. Irritei-me:

– Bruno!

Estremeceu, olhou-me assustado.

– Bruno! – gritei. – Bruno, estou rico! Bruno, enriqueci com os Títulos Providência! Bruno, enriqueci com aquela vigarice! Bruno, só não estou na cadeia porque os compradores são tão vigaristas quanto eu! Bruno, me ouve!

Ele me fitava, absolutamente perplexo com aquela confissão.

– Bruno – continuei, mais calmo. – Bruno, me dá remorsos ter ganho tanto dinheiro sem merecer... Bruno, meu amigo, resolvi fazer alguma coisa por ti. Vou te presentear com um bom apartamento, um apartamento decente... Vais poder sair daquela maloca. E, Bruno, vou te dar uma boa mesada... Durante um ano.

Foi o que eu disse, a voz já embargada.

Bruno olhava o rio de novo. Parecia ter me esquecido. Olhava o rio e brincava com uma grande, velha chave – a chave da casa dele. Levantei-me e arrebatei-a rapidamente.

– Pronto. Agora, nem que queiras poderás voltar para o teu pardieiro.

Voltei à mesa, liguei para a secretária:

– O apartamento do meu amigo Bruno está pronto?

– Sim, senhor – foi a seca resposta. Era uma mulher desagradável, mas eficiente, a secretária.

– Então leve-o lá, faz favor.

Entrou a secretária e conduziu o Bruno para fora da sala. Ele deixou-se levar, como um autômato.

Naquela noite eu vagava de automóvel pela

cidade. Meu chofer – chofer, mas eu lhe permitia certas intimidades – preocupava-se:

– O senhor não vai à casa da Adelaide?

Eu me sentia estranho. Inquieto. Por causa do Bruno. Maldito Bruno, continuava a me inspirar culpa. Mas eu não podia me deixar vencer por aquele absurdo sentimento. Não eu, um vencedor. Ordenei ao chofer que seguisse para a casa de Adelaide.

Desci, toquei a campainha. Abriu-me a porta. Esplêndida mulher! Uma loira de quase dois metros de altura, vestia uma excitante camisola preta. Estendeu-me os braços – mas eu, inquieto, empurrei-a.

– Que foi, bem? – estava consternada. – Fiz alguma coisa, bem?

– Te veste – ordenei.

– Mas... – Arregalou aqueles belos, sonsos olhos azuis. – Não íamos jantar aqui, bem? Encomendei comida japonesa...

– Esquece. E te veste. Vais comigo.

Amedrontada, vestiu-se às pressas. Saímos, ela soluçando sem parar.

– Fica quieta, pô!

A custo conteve-se. E ali ficamos, em silêncio, o carro rodando sob a chuva. Eu me sentia mal. Deus, como me sentia mal. Uma ânsia, uma náusea... Suava sem parar. O chofer me olhava pelo espelho retrovisor, apreensivo. Querendo agradar o patrão, colocou um CD. Música suave.

– Desliga essa coisa! – berrei, fazendo Adelaide saltar de susto. O chofer obedeceu e continuou a dirigir num ressentido silêncio. Arrependi-me: não devia ter feito aquilo. Mas a verdade é que eu estava mal. A visita do Bruno me deixara mal. Por quê?

No bolso da calça, um objeto duro me machucava a coxa. Tirei-o: era a chave da casa de Bruno.

– Vamos para o Beco da Boiada – eu disse, a voz embargada, esquisita.

Ficava longe. Quando chegamos lá, passava de meia-noite. A chuva tinha cessado, mas nuvens ameaçadoras ainda toldavam o céu. Desci, mandei Adelaide descer também. A casa de Bruno: velha, meio destruída, rodeada de mato. Chapinhando no barro, avancei para a porta. Adelaide me seguia, choramingando. Meti a chave na fechadura; a porta se abriu, rangendo. O cheiro peculiar de Bruno – mofo, coisa velha – me invadiu as narinas.

Procurei um comutador. Não havia. Risquei um fósforo, avistei uma mesa e, sobre ela, um toco de vela. Acendi-o.

– Estou com medo – gemeu Adelaide.

– Cala a boca.

Olhei ao redor, livros por toda parte, empilhados em prateleiras, no chão, sobre a mesa. Nas paredes, reproduções de quadros. Uma velha máquina de escrever.

Entrei no quarto.
Ali estava – o caixão.

Então era verdade. Tinham me dito que o Bruno ultimamente dormia num caixão de defunto. Eu não acreditara. Mas ali estava, à minha frente, o severo caixão, sem um adorno, apoiado em pilhas de tijolos.

Deixei-me cair numa cadeira.

Bruno dormia num caixão. Eu tinha pavor de caixões, de cemitérios; mas Bruno dormia num caixão. Eu tinha ficado milionário; mas Bruno dormia num caixão. Eu corria ao médico por qualquer dorzinha. Bruno dormia num caixão.

Entrou Adelaide.

– Um caixão! – riu. – Que gozado! Um caixão de defunto.

Dei-lhe uma bofetada. Desabou, ficou ajoelhada, chorando.

Aproximei-me do caixão. O medo que eu tinha! Por Deus, o medo que eu tinha! Mas vencia o medo, e me aproximava. O que mais encontraria ali? E se fossem ossos? E se fossem cabelos, unhas?

Nada. Nada, além do forro de cetim azulado, lustroso à luz trêmula da vela.

– Vamos embora – suplicou Adelaide, e eu queria ir, mas não podia: tinha de me aproximar do caixão, tinha de tocá-lo.

Toquei-o. Minha vista se turvou. Eu ia desmaiar...

Não desmaiei. Avistei o rasgão.

Um rasgão no forro do caixão. Estendi os dedos trêmulos, toquei aquele rasgão, explorei aquela ferida viva.

Havia um papel ali. Puxei-o para fora. Abri-o, à luz da vela, examinei-o, sempre à luz de vela, e era – à luz de vela e à de qualquer outra – um Título Providência!

Ri. Como eu ria! Rindo, tomei Adelaide nos braços, rindo dancei com ela uma valsa, rindo empurrei-a para o caixão. Os pés sobravam! Eu ria! Saltei sobre ela, beijei-a com fúria! A vela se apagou.

Tive poucos momentos de inspiração na vida. Um foi quando bolei os Títulos Providência. O outro foi aquele, no caixão do Bruno.

PAIXÕES ORAIS

Não lembro exatamente quando aconteceu, mas foi numa idade em que tinha muitas espinhas no rosto e muitas cáries nos dentes. Um tempo em que eu amava e sofria, sofria e amava. Amava qualquer mulher que surgisse diante de mim, incluindo professoras, vizinhas, atrizes de tevê e até uma jovem freira que um dia apareceu em nossa rua fazendo uma campanha de caridade. E sofria as dores da paixão frustrada. Terríveis, mas não tão terríveis, admito, como a dor de dentes. Meus dentes estavam em péssimo estado, não só por causa de nossa pobreza – minha mãe, viúva e com cinco filhos pequenos, não tinha dinheiro para nos mandar regularmente ao dentista – mas também porque, ardendo de paixão, eu não tinha tempo nem cabeça para escovar dentes. E aí – cáries. E aí – dor. Depois que passei uma noite gemendo, sem deixar ninguém dormir, minha mãe decidiu que era preciso resolver o meu problema dentário custasse o que custasse. Perguntando daqui e dali, conseguiu o endereço de uma dentista da vizinhança. Recém-formada, certamente não cobraria muito caro. O problema é que eu não queria ir a dentista algum; achava que sofrer era parte do meu destino e, além disto, tinha medo de broca. Mas minha mãe não queria saber desse papo: ou você vai lá, ou –

Fui. O consultório da dentista, que ela dividia com três colegas, ficava no quarto andar de um velho e deteriorado prédio. Caminhei pelo corredor passando por pequenas salas (cabeleireiros, alfaiates, cartomantes) e cheguei ao consultório. *Entre sem bater,* dizia a placa na porta. Entrei sem bater e vi-me numa pequena sala de espera, com duas cadeiras desconjuntadas e uma mesinha sobre a qual jaziam antiqüíssimas revistas. Sentei e fiquei ali, o dente doendo, a apreensão aumentando. De maneira geral eu não era muito corajoso para aquele tipo de coisa, mas nesse dia o meu medo era maior do que nunca. Em dado momento, a ansiedade tornou-se insuportável e pus-me de pé, pronto para bater em retirada. Nesse momento, a dentista apareceu.

Deus, ela era linda, a mulher mais linda que eu já vira. Loira, olhos verdes, boca carnuda, corpo perfeito... Siderado, eu estava ali imóvel, completamente apatetado, sem saber o que dizer.

– Você é o Gilberto? – perguntou, com um sorriso que quase me fez desmaiar.

– Sou – respondi, numa voz trêmula. – Sou o Gilberto. Minha mãe marcou consulta para as três.

Ela me fez entrar no consultório. Mesmo ali, no meio daquelas engenhocas infernais, continuava bela. A vulcânica paixão que em mim instantaneamente brotara crescia a cada segundo. A cada fração de segundo.

Fez-me sentar. Segurando um espelho e uma aguçada sonda, pediu que abrisse a boca e, inclinando-se sobre mim, começou o exame. Seu corpo próximo ao meu, seu perfume... Deus, tive de me conter para não agarrá-la. Aparentemente não notou meu nervosismo, ou fingiu que não notou. Limitou-se a anunciar que havia muito a fazer naquela boca; um molar estava particularmente ruim, mas ela o deixaria para o final. Marcou uma série de sessões e despediu-se de mim com aquele sorriso que me deixava tonto.

Nos dias que se seguiram, voltei ao consultório com uma diligência que chegou a surpreender minha mãe: pelo jeito você criou juízo, rapaz. (Não era juízo, mamãe, era paixão.) À medida que o trabalho progredia e que as cáries iam sendo obturadas, ganhei confiança e comecei a puxar papo. De onde era ela? De uma pequena cidade do interior. Ah, do interior, que interessante. E onde morava? Morava perto dali. Casa ou apartamento? Apartamento, pequeno. Vivia sozinha, não precisava de muito espaço.

Vivia sozinha! Aquilo inflamou-me a imaginação. Eu a via rolando na cama, noite após noite, ansiando por seu amado. Quem? Eu, claro. Uma madrugada, ela murmurando Gilberto, Gilberto, onde está você, Gilberto, eu entraria no seu quarto, me jogaria sobre ela, devorando-a de beijos.

O tratamento prosseguia e agora estávamos na fase difícil. Você agüenta sem anestesia, ela me perguntava, antes de meter a broca, e a minha resposta era afirmativa: sim, eu agüentaria sem anestesia, em parte porque assim era mais barato, mas também para lhe mostrar a minha coragem.

E a paixão crescendo. Minhas fantasias estavam cada vez mais desvairadas. Eu sentia que algo ia acontecer. Certos olhares que me lançava pareciam-me muito diferentes da fria mirada profissional. E por que seu braço roçava, ainda que levemente, o meu braço? O que fazia o seu ventre, aquele vulcão adormecido, contra o meu cotovelo? Acaso? Não. Para mim aquilo não era fruto do acaso. Aquilo era uma mensagem: "Alô, Gilberto. Anseio por ti. Não me faça esperar. Câmbio".

Eu estava perturbado. Tão perturbado que todo mundo notava. O que há com você, perguntava a minha mãe. O que há com você, perguntavam os meus irmãos, os vizinhos, os professores. Ele está amando, disse um dia a minha velha e sábia avó. Quis me interrogar a respeito, mas desconversei. Tratava-se de um segredo a ser mantido entre minha amada e eu. Sobre isso falaríamos em nosso ninho de amor. Que seria no apartamento dela ou, quem sabe, no próprio consultório. Por que não? Fazer amor entre instrumentos de tortura parecia-me até titilante.

O momento estava próximo, disto eu tinha certeza. Não só porque o tratamento chegava ao fim – só faltava o molar –, mas também porque os contatos imediatos se repetiam com mais freqüência: o braço dela procurava o meu, o ventre buscava o cotovelo. E os dedos...

Quem teve a idéia de colocar o molar no fundo da boca? Deus teve essa idéia. Porque Deus é bom, Deus ama os apaixonados, e desde o início dos tempos sabia que em algum momento teria de ajudar um jovem apaixonado a conquistar certa dentista. Como? O molar proporcionava a solução. Em busca do molar, os dedos da dentista (naquele tempo trabalhava-se sem luvas) tinham de penetrar fundo em minha boca. Cautelosamente minha língua explorava seus delicados dedinhos – a polpa, naturalmente, mas também os lados. Não era apenas uma carícia disfarçada; era – ainda que também disfarçada – uma declaração de amor. Eu amo você, diziam minhas papilas gustativas, eu quero viver com você para sempre.

Não era o que ela queria.

Foi o que de repente descobri. Da maneira mais surpreendente e brutal.

Como o fim estava próximo, minhas manobras linguais tornavam-se mais freqüentes, desesperadas, até. Simultaneamente, eu gemia. O pretexto era a dor no molar, mas não era isso, eu gemia de desejo. E gemia alto para que se desse conta de minha paixão. Será que ela não notava?

Notava. Levei anos para descobri-lo, mas por fim concluí que sim, que ela havia notado o que se passara comigo. Um dia removeu bruscamente a mão de minha boca e, sem me olhar, anunciou no tom mais neutro possível que nada podia ser feito para salvar o molar: teria de ser extirpado.

Fiquei desesperado. Não por causa do dente – o que importava aquela mísera parte de minha podre anatomia? – mas porque a extração marcaria o fim do tratamento e, portanto, de nossas escaramuças amorosas.

(Esse "nossas" corria à conta de minhas fantasias. O que seria do mundo sem fantasias?)

Eu precisava de mais tempo para conquistá-la, mas obviamente a dentista não me daria mais tempo – entre outras razões, porque o pagamento estava atrasado. Pedi, insisti, quem sabe ainda há salvação para esse dente, a odontologia está tão avançada. Ela, porém, manteve-se irredutível. O dente estava condenado. Eu também.

– Arranca, então! – gritei, fora de mim. – Arranca!

Olhou-me, surpresa. Talvez soubesse o que eu em realidade lhe dizia naquele momento: arranca, mulher cruel, desalmada, arranca a tenra plantinha da minha paixão. Arranca-a, mata-a e mata a mim também.

Mas, se adivinhou em mim o desespero, fez que não notou. Começou a preparar o anestésico.

– Não preciso disto – bradei. Um grito de amargurado triunfo.

Ela me olhou, e agora havia algo em sua expressão que não era apenas a neutralidade profissional. Ela estava surpresa. Não: ela estava abalada.

– Vai doer muito – anunciou.

Não importa, eu disse, e era verdade: nada mais importava, agora que ela me tinha tão acintosamente rejeitado. Ainda insistiu:

– Olhe, Gilberto, se é por causa do dinheiro, não se preocupe, eu não cobrarei pelo anestésico.

Respondi que não se tratava disso. Eu podia suportar a dor; não, eu queria suportar a dor:

– Quero mostrar a mim mesmo que sou forte – disse, com um sorriso amargo, o sorriso dos heróis resignados.

Ela suspirou:

– Se você prefere assim...

Aproximou-se, o medonho fórceps na mão. Naquele momento, uma súbita e absurda esperança apossou-se de mim, a esperança de que ela arrojasse longe aquela coisa e se jogasse em meus braços gritando, não, Gilberto, não posso fazer isto, eu te amo, eu te amo.

– Abre a boca – ela disse.

Abri a boca, ela agarrou o molar com o fórceps e foi horrível, porque o dente não saía, eu urrava de dor e via o seu rosto transformado numa máscara de fúria... Puxava e puxava e cheguei a me levantar na cadeira e finalmente ela conseguiu arrancar o molar mas perdeu o equilíbrio e caiu e eu caí junto, sobre ela, e tentei abraçá-la, minha boca procurava a sua boca, ela gritava, e então a porta se abriu, alguém entrou, alguém que nem vi, porque já fugia correndo, precipitando-me escadas abaixo...

Nunca voltei. Nunca mais a vi.

Não falei a ninguém sobre o ocorrido. Ela também não, tenho certeza.

Por muito tempo, contudo, ainda pensei nela. E no molar. Imaginava que ela tinha guardado aquele dente, que à noite acariciava-o, murmurando palavrinhas carinhosas...

Depois, esqueci. Arranjei uma namorada que era um verdadeiro demônio em matéria de sexo. Não pensei mais na dentista. Quanto ao molar... Eu tinha outros. Felizmente, tinha outros.

PÊNALTI

Como um cavaleiro colocando a armadura: era assim que ele sentia cada vez que se fardava para o futebol. Um pouco de exagero, claro: afinal, tratava-se de camiseta, não de couraça, e o jogo, bem, o jogo era uma pelada de sábado à tarde, disputada com muita energia mas pouca técnica por um grupo de velhos amigos.

E contudo sentia-se como um cavaleiro preparando-se para a batalha. Porque era um pouco batalha, sim; não ressoavam no campo gritos de guerra nem os uivos dos feridos, mas era um pouco batalha. Sobretudo naquele sábado. Ele não saberia dizer qual a razão, mas sentia que naquele sábado algo muito importante aconteceria. Tentou disfarçar a ansiedade gracejando com os amigos, como de hábito, mas não foi sem inquietação que pisou o gramado. E tão logo o juiz – que mais tarde estaria com eles no bar, tomando cervejas e comentando os lances mais engraçados do jogo –, tão logo o juiz trilou o apito, ele se deu conta do que estava acontecendo, do enorme problema que iria enfrentar.

O centroavante adversário.

Rapazote ainda, era a primeira vez que jogava com eles. Depois de todos aqueles anos, haviam resolvido que estava na hora de convidar outros parceiros, gente mais jovem. Afinal, estavam ficando velhos, breve surgiriam lacunas nos times, e era preciso manter aquilo que já se tornara uma tradição, o jogo de sábado.

O centroavante adversário era um grande jogador. Isto ficou claro desde os instantes iniciais, pela insolente facilidade com que se apossava da bola, com que driblava os adversários, com que se deslocava pelo gramado. Perto dele, os outros jogadores, homens de meia-idade, barrigudos, desajeitados, eram figuras lamentáveis. Aquele centroavante decidiria a partida. *Vamos perder*, pensou, com um aperto no coração. Não suportava perder; não a partida de futebol do sábado. Já lhe bastavam as frustrações do cotidiano, a mediocridade do trabalho na repartição, as recriminações da mulher. No sábado, custasse o que custasse, tinha de ganhar. E o centroavante – que o destino colocara no outro time – não o impediria. Isto deixaria claro. E quanto antes, melhor.

Não demorou muito o rapaz recebeu uma bola, avançou pelo centro do gramado, passou por um, passou por dois e, de repente, estava ali invadindo a grande área, pronto a marcar o gol. *Não passará,* rosnou e, cerrando os dentes, partiu ao encontro do inimigo, como um cavaleiro em plena batalha. O rapaz vinha vindo, e claramente passaria por ele se deixasse. Não deixou. Mandou o pé, que não acertou a bola, porque não era para acertar a bola; era para acertar a canela do adversário. Que, com um grito, caiu.

Por um instante ficaram todos imóveis, perplexos. Depois, correram todos. E ali estava o jovem, retorcendo-se de dor. Ele se ajoelhou ao lado do rapaz:

– Desculpe, meu filho – disse, confuso –, eu não quis machucar você.

O rapaz tentou esboçar um sorriso.

– Eu sei. Você é ruim mesmo. Se soubesse que tinha um pai tão ruim não teria vindo jogar.

Com a ajuda dos outros, que agora riam e debochavam, o centroavante pôs-se de pé.

– Eu acho – disse o juiz– que vou ter de dar pênalti.

Com o que todos concordavam: agressão de pai era caso, no mínimo, de pênalti. Talvez até de expulsão.

O próprio rapaz cobrou a penalidade máxima. Com sucesso, naturalmente: afinal, era um grande jogador, como o pai, de olhos úmidos, teve de reconhecer. Com melancolia, mas sem nenhum rancor; se tinha de perder – e tinha de perder – era preferível que perdesse para o filho. E se precisasse ajudá-lo com um pênalti – bem, por que não?

A BARRIGA DO PAPAI NOEL

Tudo indicava que naquele ano teríamos um Natal melancólico, para dizer o mínimo. Mamãe doente, papai desempregado, as perspectivas eram péssimas. Com o que já estávamos conformados: carência, em nossa casa, era a regra, não a exceção.

O único que não perdia a esperança era meu pai. O seu natural otimismo convenientemente reforçado por algumas doses de álcool, ele não cessava de nos animar: as coisas vão melhorar, teremos um grande Natal, podem estar certos disso.

E, ou porque a sorte o ajudasse, ou porque seu entusiasmo fosse contagiante, o certo é que, lá pelo dia 10 de dezembro conseguiu um emprego, verdade que temporário: seria o Papai Noel sentado à porta de um novo, e pequeno, supermercado recentemente inaugurado perto de nossa casa.

De início nos deparamos com uma dificuldade: papai era magro, muito diferente da estampa robusta que habitualmente caracteriza Santa Claus. Mas meu irmão mais velho, um rapaz esperto e criativo, bolou uma solução: um saco cheio de estopa imitaria um rotundo ventre. A barba branca e a roupa vermelha fizeram o resto, e o resultado foi um Papai Noel bastante convincente.

O dono do supermercado estava muito satisfeito. Meu pai era o primeiro a chegar e o último a sair. Brincava com as crianças, dava sugestões aos pais e às mães sobre compra de presentes. E contagiava a todos com seu bom humor. Coincidência ou não, o certo é que as vendas aumentaram muito.

O único problema era representado pelas freqüentes idas do meu pai ao banheiro. O dono do supermercado não gostava disso: Papai Noel tem de ficar no seu posto, reclamava. Meu pai, porém, alegou que sofria de cistite e que tinha de urinar seguido. Um empregado assim teria sido, normalmente, despedido; mas o patrão optou por ignorar o inconveniente. Afinal, meu pai saía-se bem no que estava fazendo.

Nós, os filhos, estávamos muito contentes. Sabíamos que o pagamento de papai não seria grande coisa, mas garantiria ao menos uma festinha de Natal. Nem em sonhos, contudo, poderíamos imaginar o que nos estava reservado. Quando chegou a grande noite, papai pediu que saíssemos de casa por uma meia hora. Quando voltamos, aquela surpresa: junto ao pequeno pinheiro que ele tinha arranjado sabe lá Deus onde, um montão de presentes: brinquedos variados, caixas de bombons, roupas, sabonetes... Como se o saco de Papai Noel se tivesse aberto ali. Gritávamos de alegria, mamãe chorava. Quanto a meu pai, limitava-se a sorrir, feliz. E aí meu irmão mais velho notou um detalhe curioso: todos os produtos tinham a etiqueta do supermercado.

– Foi parte do pagamento – explicou papai. E mais não perguntamos, porque mais não queríamos saber.

Prenderam-no dois dias depois. Por causa do vaso sanitário entupido. O homem encarregado do conserto achou ali um substância estranha. Era estopa. A estopa que meu pai substituía pelos presentes dos filhos.

Passou o Ano-Novo na cadeia, o que para nós foi muito triste. Mas a verdade é que já tínhamos tido nosso quinhão de sorte. Como disse um de meus irmãos, já não lembro qual, quem tem Natal não precisa de Ano-Novo.

Algum tempo depois disso tive um sonho. Sonhei que um grande peixe me engolia e que, em seu grande, estufado ventre, eu percorria os sete mares, como outros em submarinos. Mais tarde descobri na Bíblia uma narrativa semelhante, aquela do profeta Jonas. Mas juro que, quando sonhei, nem sequer sabia da existência dessa classe de homens conhecidos como profetas.

PERFORMANCE

Observa-se morrendo. Com desgosto; sim, é com desgosto que se observa morrendo na tevê. Cada vez é pior, constata, amargo. A expressão facial não é de todo ruim – há angústia no olhar, na boca entreaberta –, mas há alguma coisa de falso ali, uma tênue evidência de esperança senão na imoralidade, pelo menos na postergação indefinida do óbito; o que, para um moribundo, é algo totalmente inconveniente. Como eu morria bem antigamente, pensa. Morria tão bem que seus personagens eram inevitavelmente condenados à morte. Às vezes, o roteiro da novela era até alterado para que ele, na cama de um hospital ou jazendo na calçada (doença, num caso, tiro ou acidente, no outro), pudesse morrer, desta forma impressionando e comovendo milhões de telespectadores, que não deixavam de se manifestar em cartas entusiásticas: "Como o senhor morre bem!", ou "Vendo o senhor agonizar eu posso dizer que senti a morte por perto".

Mas ele era jovem, então. Jovem e dedicado; entregava-se por inteiro ao trabalho de ator, faria qualquer coisa para que seu desempenho fosse convincente. Seria capaz de morrer em cena para mostrar como se morre em cena. E o faria com alegria infinita. Cada morte era motivo de júbilo incomensurável. Na verdade, a única coisa que lhe interessava era aquilo, morrer diante da câmera. Passava os dias antecipando o momento transcendente. É muito difícil viver com você, protestava a mulher; pouco tempo depois do casamento, pediu o divórcio. Ao juiz foi muito franca: não posso, disse, partilhar minha vida com um homem que só pensa em fingir que morre. Afirmação ofensiva, mas ele não protestou; em verdade, estava satisfeito. Daí em diante poderia usar o grande espelho do quarto para preparar cuidadosamente a cena de seu próximo óbito – sem que ninguém o censurasse.

Isso, contudo, já era passado. Agora, olhando a tela, ele se dava conta de toda a sua decadência, e sobretudo da ironia que ela representava: quanto mais me aproximo da morte, concluiu, mais me afasto dela; recém-nascido, eu sabia mais do significado do morrer do que sei agora.

Observa-se morrendo, e é com desgosto que o faz. Um único consolo lhe resta: o tempo na tevê é limitado, mesmo para óbitos. Logo os comerciais virão redimi-lo.

O ANÔNIMO

Tão logo o carteiro entrega a correspondência, Eduardo vai em busca da carta anônima. Todas as semanas vem uma, num envelope comum, sem indicação de remetente. Alguns missivistas anônimos usam pseudônimo. Não este. Nada fornece que possa alimentar especulações com respeito à identidade.

Com dedos um pouco trêmulos – a previsibilidade nem sempre é antídoto para a ansiedade – Eduardo abre o envelope. Contém, como sempre, uma única folha de papel ofício. Numa caprichada, mas inconspícua, letra de imprensa, começa afirmando: "Descobri teu segredo". Nova linha, parágrafo, e aí vem a acusação.

No presente caso: desonestidade. "Todos acham que você é um homem sério, correto", diz a carta, "mas nós dois sabemos que você não passa de um refinado patife. Você está roubando seu sócio, Eduardo. Há muito tempo. Você vem desviando dinheiro da empresa. Você disfarça o rombo com supostos prejuízos nos negócios. Seu sócio, que é um homem bom, acredita em você. Mas a mim você não engana, Eduardo. Eu sei de tudo que você está fazendo. Conheço suas trapaças tão bem como você."

Eduardo não pode deixar de sorrir. Boa tentativa, aquela, do missivista anônimo. Desonestidade em empresas, isto não é tão incomum. Com um sócio tão crédulo como o Ênio, Eduardo de fato não teria qualquer dificuldade em subtrair dinheiro da empresa.

Mas ele não faz isto. Em termos de negócios, é escrupulosamente honesto. Mais que isto, muitas vezes repassa, sigilosamente, dinheiro para a conta de Ênio – um trapalhão em matéria de finanças. Honesto e generoso, o Eduardo.

Contudo, como certos caçadores tão pertinazes quanto incompetentes, o autor da carta anônima atirou no que viu e acertou no que não viu.

Eduardo engana Ênio, sim. Mas não na firma. Há meses tem um caso com a mulher do sócio, Vera: grande mulher. Talvez sinta certo prazer em passar para trás o amigo (a quem por obscuras razões inveja), mas, de qualquer forma, isto nada tem a ver com a empresa. Desonestidade nos negócios? Não. Se seu propósito, caro missivista anônimo, é despertar minha consciência, e eu sei que seu propósito é despertar minha consciência ainda que por meios pouco usuais, você não o conseguiu. Tente outra, missivista. Quem sabe na próxima você acerta. Tente, eu lhe peço. Por favor, tente. Eu preciso que você tente, você sabe disso. Eu quero, sim, que você assuma a voz da minha consciência. Quero que você seja o meu juiz, o meu inquisidor. Tente. Tente já.

Movido por um invencível impulso, Eduardo senta à mesa, pega uma folha de papel ofício e escreve, numa bela mas inconspícua letra de imprensa: "Descobri teu segredo".

PONTUALIDADE

Às onze da noite em ponto – o senhor Mello teve o cuidado de olhar o relógio naquele preciso instante – soou a campainha, e era, como imaginara, o Anjo da Morte.

– Estou pronto – disse, sorridente, o senhor Mello. – Outros não estariam prontos, mas eu estou. Não é uma surpresa, encontrar alguém que se considera pronto?

O Anjo da Morte não respondeu; limitou-se a olhar o relógio, que marcava, como o senhor Mello pôde notar, onze horas em ponto.

– A vizinha aí da frente não estava pronta – continuou o senhor Mello. – Eu não vi, mas me contaram que quando você... quando o senhor... Enfim: me contaram que no momento decisivo ela teve uma conduta deplorável, chorando, gritando que não era justo, que ainda tinha filhos para criar. Comigo será diferente. Mesmo porque não posso me queixar. Tive uma bela vida: infância feliz, amigos, namoradas, casei com a mulher que amava, realizei-me profissionalmente, ganhei algum dinheiro. Agora estou viúvo, sozinho, cansado: estou pronto.

O Anjo da Morte tornou a olhar o relógio: onze horas.

– Pensei que o Anjo da Morte usasse uma ampulheta, aqueles antigos relógios de areia – disse o senhor Mello, e imediatamente deu-se conta da inocuidade – para dizer o mínimo – do gracejo. De modo que suspirou e voltou à conversa, dizendo que estava pronto, completamente pronto, que ninguém estava tão pronto como ele. De súbito, porém, calou-se; e quando voltou a falar havia um inequívoco tom de ansiedade em sua voz.

– Só tem uma coisinha que eu quero fazer, antes de ir. Não vai levar nem um segundo, uma fração de segundo, talvez. Não sei se tenho direito, talvez até tenha esse direito, mas prefiro não reivindicar, prefiro pedir, sempre acreditei em conseguir as coisas com bons modos.

Mais uma vez o Anjo da Morte olhou o relógio. Onze horas.

O senhor Mello sentiu a dor. Era, tal como ele antecipara, uma dor como ele nunca antes havia sentido, uma violenta dor no peito. O que o deixou, mais que desesperado, revoltado:

– Espere um pouco: não é justo, isto. Eu estava falando sobre uma coisa que ia pedir, e de repente vem esta dor? Que sacanagem é esta? Eu não disse que estava pronto, que não iria resistir? Não disse? Então, por que não posso formular o meu pedido?

As forças lhe faltaram, cambaleou; mas antes de cair, num último esforço fez o que queria fazer, o gesto que era o objeto do derradeiro, e não formulado, pedido: olhou o relógio.

Onze em ponto.

O DIA SEGUINTE

Se há alguma coisa importante neste mundo, dizia o marido, peremptório, é uma empregada de confiança. Com o que a mulher concordava. Satisfeita, aliás: a empregada, cuidadosamente selecionada por ela, era extremamente confiável. Tomava conta da casa, fazia compras, e até retirava dinheiro do banco para os patrões. Tudo dentro dos mais absolutos padrões de honestidade. Confiavam tanto nela que não hesitavam em deixar-lhe o apartamento, quando viajavam.

Uma vez resolveram passar o fim de semana na praia. Avisaram a empregada, que, como de costume, concordou – nunca saía, aquela confiável doméstica –, tomaram o carro e foram. No meio do caminho, deram-se conta: haviam esquecido as chaves da casa da praia. Muito aborrecidos, discutindo o tempo todo, deram volta. Com o trânsito congestionado, acabaram chegando à cidade noite fechada.

Ao sair do elevador, deram-se conta de que algo estranho estava acontecendo: sons vinham lá de dentro, um rock tocado a todo o volume. O que podia ser aquilo, se a empregada, discreta como ela só, jamais ouvia música?

– Acho bom chamarmos a polícia – disse a mulher, mas o marido, mais corajoso, e intrigado com aquilo, já estava abrindo a porta. O que viram quase os fez desmaiar.

O apartamento estava cheio de gente. Umas cinqüenta pessoas, pelo menos, homens e mulheres. Gente de aparência humilde, mas dançando animadamente, vários com cálices de champanhe na mão. Os cálices deles, o champanhe deles.

Quando conseguiram se recuperar da estupefação, entraram no apartamento. Aparentemente sem ser reconhecidos, perguntavam pela empregada. Por fim localizaram-na no local onde habitualmente estava – na cozinha –, porém elegantemente vestida, com um tailleur da patroa. Que, quase fora de si, bradou:

– Mas você enlouqueceu, Elcina? O que é isto? Que confusão é esta na minha casa?

– Calma, dona – disse um simpático mulato que ali estava. – Não é confusão nenhuma. É uma festa. Nós sabemos que a casa é sua, mas pode ficar tranqüila, não vamos levar nada, vamos deixar tudo direitinho. Como sempre.

Como sempre? Então aquelas festas já eram rotina?

– Sempre que vocês viajam – disse o rapaz, com uma careta tão cômica, que eles tiveram de sorrir. E, sorrindo, a coisa já mudava. No instante seguinte estavam confraternizando com os demais convidados. Quando insistiram para que eles dançassem também, hesitaram, mas depois – que diabos, na vida a gente precisa experimentar de tudo – acabaram aderindo à festa. Dançaram, beberam, riram. Ao final da noite tinham de admitir: jamais se haviam divertido tanto.

    No dia seguinte, despediram a empregada.

FORMIGAS POSTAIS

A caixa do correio ficava na entrada da casa, junto a um muro baixo onde cresciam trepadeiras. Esta foi a mais provável explicação para o estranho achado que tanto o perturbou – e fascinou, quando um dia abriu a tal caixa: ela estava cheia de grandes formigas pretas. Um formigueiro completo se havia instalado ali.

Outro teria providenciado a imediata eliminação dos insetos mediante veneno. Não ele. Em primeiro lugar, não se importava que a caixa tivesse sido invadida; de qualquer maneira não recebia cartas, de modo que o fato não lhe atrapalharia muito. Mas havia um outro aspecto. Desempregado, morando sozinho na velha e deteriorada mansão que herdara dos pais, ambos falecidos, ele de repente se sentia acompanhado. Por formigas, sim, mas acompanhado.

Passou a observar diariamente o formigueiro. No começo, quando abria a portinhola da caixa, as formigas fugiam. Depois, aparentemente identificaram-no como um amigo ou mesmo como um protetor, e ficavam por ali, entregues às suas tarefas habituais, talvez contentes por estarem sendo observadas. Ele, por sua vez, julgava até identificar uma ou outra formiga, a quem dava apelidos: a Maldosa, a Atrevida, a Travessa... Começou a encher cadernos e mais cadernos com suas observações sobre o formigueiro. E tudo poderia se ter resumido a isto, a uma inocente atividade de entomólogo amador, não fosse uma peça armada pelo destino.

Ela se chamava Júlia, e era linda. Tinha se mudado, junto com os pais, para a casa em frente. Diferente do lúgubre local que ele habitava, aquela era uma casinha modesta, mas simpática. Modesta e simpática era também Júlia. Encontraram-se por acaso na rua, começaram a conversar, e de repente ela estava apaixonada por ele.

Tão apaixonada que decidiu reabilitá-lo. Você precisa se vestir melhor, dizia-lhe, você precisa arranjar um emprego.

– E acima de tudo você precisa sair dessa casa mal-assombrada. Você vai acabar enlouquecendo nessa solidão. Há um construtor interessado no terreno, ele pode lhe pagar uma boa grana.

Ele concordava com tudo. Menos em mudar-se. E não era por causa da lembrança dos pais. Era por causa das formigas. A idéia de que alguém poderia destruir a casa – e a caixa do correio onde viviam suas amiguinhas – lhe era insuportável. Claro, poderia levar a tal caixa consigo – mas, e o ecossistema? As formigas, estava certo disto, não sobreviveriam em outro local. Aquele era o lar delas.

Agora: como falar a Júlia dessas coisas?

Depois de muito hesitar, concluiu: se não contasse a ela, a moça que o amava, a quem contaria? De modo que um dia criou coragem e levou a moça até a caixa, abrindo a porta

Dupla catástrofe. De um lado, as formigas pareciam aterrorizadas; como loucas, corriam de um lado para outro, transportando ovos e larvas. Quanto a Júlia, sua reação foi de incontrolável asco. Você é louco, disse, você é um tarado:

– Apaixonado por formigas, onde é que já se viu?

Virou as costas e foi embora. Duas semanas depois, a família mudou-se: o pai de Júlia, militar, fora transferido para uma outra cidade.

Ele continua observando as formigas. É verdade que sente muita falta da jovem, mas destino é destino, e, ademais, o comportamento dos insetos é fascinante – e surpreendente. Dia desses, destruíram uma carta, a única carta que recebera em muitos meses. Restaram apenas alguns fragmentos de papel manuscrito. Num deles está escrito a palavra "amor". Ele bem pode imaginar quem escreveu esta carta, e bem pode imaginar como sua vida mudaria se a tivesse lido toda. Mas as formigas não o permitiram. As formigas são ciumentas e astutas. Milhões de anos de sobrevivência ensinaram a elas como derrotar rivais. Inclusive, e principalmente, neste campo de batalha que se chama caixa do correio.

MENSAGENS GRAVADAS, QUATRO; BILHETE, APENAS UM

"Jorge, agora são quatro da tarde, está chovendo, estou aqui sozinha, pensando sobre nós. Jorge, fui grosseira com você, reconheço. Você sempre disse que não gosta de ser pressionado, que detesta quando lhe colocam contra a parede. E foi exatamente o que eu fiz, agora me dou conta disto. Eu coloquei você contra a parede, eu pressionei você, exigindo uma decisão. Chega de encontros ocasionais, eu disse. Chega de telefonemas – e, principalmente, chega de mensagens gravadas na secretária eletrônica. Ah, Jorge, se você soubesse como eu detesto ter de deixar estas mensagens gravadas para você, sabendo que o tempo é curto, sessenta segundos, o que é sessenta segundos para dizer tudo o que a gente sente, não vou nem tentar, me liga, Jorge, por favor me liga, eu –"

"Jorge, são cinco da tarde, continua chovendo, continuo aqui sozinha, continuo pensando sobre nós – e você ainda não respondeu a minha mensagem. Eu acho que você está em casa, Jorge, é domingo, você sempre me disse que aos domingos você não sai, que prefere ficar em casa lendo ou ouvindo música, até lembro que isto foi motivo de uma briga entre nós, mais uma de nossas brigas, eu disse que poderíamos passar o domingo juntos, quem sabe até fazendo um piquenique, adoro piqueniques, Jorge, quando eu era garota meus pais me levavam todos os domingos para o campo, é uma coisa maravilhosa, mas você não acha maravilhoso isto, você prefere ficar em casa lendo ou ouvindo música, então o que posso fazer, Jorge, de qualquer jeito está chovendo, não daria para fazer piquenique, mas queria que você pelo menos atendesse ao telefone, preciso lhe dizer quanta falta estou sentindo de você, e tenho de falar para a secretária eletrônica, odeio essas coisas, por favor, Jorge, responde, eu –"

"Jorge, agora são sete e meia da noite, continua chovendo forte, eu me sinto cada vez mais sozinha, cada vez mais abandonada, você não me liga, Jorge, eu nem sei o que pensar, tenho certeza de que você está em casa, você sempre me disse que aos domingos prefere dormir cedo porque segunda tem muito trabalho, eu acho que você está aí, mas você não responde, Jorge, por favor, fale comigo, diga que você me perdoa, que você vai me dar uma chance, mais uma chance, Jorge, eu sei que fui estúpida, mas o que posso fazer, é a paixão, Jorge, acredite, é a paixão, eu não posso mais viver sem você, sinto tanta falta de você que perco o controle, começo a dizer coisas loucas, mas você tem de me perdoar, por favor, Jorge, fale comigo, diga que você me perdoa, que você me aceita de volta, eu prometo que vou respeitar a sua privacidade, prometo que não vou mais tentar prender você, só quero ficar um pouco ao lado de você, um pouquinho só, por favor, Jorge, eu –"

"Jorge, são dez da noite. Não é possível que você não esteja aí. Jorge, vou lhe dar uma hora para responder. Uma hora, Jorge. Se você não responder, Jorge, se você não responder, alguma coisa muito grave vai acontecer, Jorge, a janela já está aberta, Jorge, a chuva está entrando e está molhando tudo, mas não importa, Jorge, a janela está aberta, são doze andares, é só saltar, Jorge, é só saltar, e se você não responder dentro de uma hora, Jorge, se você não responder, eu –"

"Prezado Martins, passei aqui em sua oficina, você não estava, então estou deixando a secretária eletrônica para você consertar. Esta droga estragou de novo, tem várias mensagens, mas não consigo escutar nenhuma. Será que você me arruma logo? Começar a semana sem secretária eletrônica é uma merda, você sabe."

O ASSASSINO MALGRÉ-LUI

Cara de bandido, foi o que ele pensou, quando entrou no elevador, e de fato o homem – alto, gordo, grande bigode e olhinhos apertados – era realmente mal-encarado. Mas uma viagem de elevador, ainda que fosse aquela uma viagem relativamente longa, do décimo-oitavo até o térreo, representa apenas uma convivência temporária e portanto tolerável, de modo que ele se colocou num canto, entre duas outras pessoas, e adotou aquele semblante impassível adequado para tais locais.

Mas o homem não tirava os olhos dele. Mais: mirava-o como se o conhecesse. O que o inquietou: seria alguém a quem deveria ter cumprimentado, ou mesmo dirigido a palavra, ao menos para comentar o tempo, o calor excessivo do fim de ano? Péssimo fisionomista, cometia freqüentemente gafes desse tipo, ofendendo até pessoas a quem devia obrigações. O fato, porém, é que não se lembrava do sujeito. Que – surpresa ainda maior, e mais alarmante – acabou lhe dirigindo a palavra:

– E o cara?

Oh, Deus, mas aquela era realmente uma pergunta difícil. Cara? Que cara? Evidentemente tratava-se de alguém que ambos conheciam – mas ele não tinha a menor idéia de quem se tratava. Felizmente, ou infelizmente, o homem resolveu prosseguir com o diálogo:

– Continua incomodando, o cara?

O que deveria responder? Que não, que o cara não estava incomodando? Que sim, que o cara continuava um pé no saco? Em dúvida, e cada vez mais embaraçado (e até perturbado), resolveu optar por uma resposta neutra, uma resposta para conversa de elevador:

– Mais ou menos.

A reação do homem foi extraordinária. Fechou a cara, seus olhos relampejaram com um brilho maligno:

– Mais ou menos? – rosnou, baixinho. – Mais ou menos? Não. De jeito nenhum. Esse cara não podia mais estar incomodando. Nada. Não podia estar incomodando nada. Eu avisei: cara, você não pode mais incomodar, cara, você tem de ficar quieto.

Bufou:

– Mas ele não perde por esperar. Não perde mesmo.

Chegavam ao térreo. As portas se abriram, os outros passageiros saíram. Ele ia sair também, mas o homem o segurou pelo braço:

– Aquele não vai incomodar mais ninguém. Pode ter certeza.

E se foi: saiu do prédio, misturou-se à multidão no centro da cidade, sumiu.

Ele ficou ali, parado, imóvel.

Sabia que sua vida tinha mudado. De agora em diante teria de ler todos os jornais, assistir a todos os noticiários de tevê. Teria de examinar todas as fotos dos cadáveres encontrados em terrenos baldios, em encruzilhadas de estradas, em casas abandonadas, em hotéis de quinta categoria. E teria de se repetir, mil vezes, dez mil vezes, a pergunta: é esse o cara que não incomoda mais?

É dura a vida do assassino de aluguel. Mas é muito mais dura, complicada e enigmática a vida do assassino involuntário.

CONTAGEM REGRESSIVA

Su, eu tenho de falar rápido porque estou ligando de um telefone público, este é o meu último cartão, não tenho dinheiro para comprar outro, só me restam oito impulsos e você sabe que nestas ligações de longa distância os impulsos se vão ligeirinho, olha aí só, agora restam sete impulsos, mas eu liguei porque preciso saber de uma vez por todas, Su, se você me ama, Su, você nunca quis responder a esta pergunta, Su, mas agora eu lhe garanto que é importante, importante não, é decisivo, Su, agora são seis impulsos, não me pergunte por que é decisivo, Su, não tenho tempo para lhe dizer, concentre-se na minha pergunta, Su, por favor – Su, não tussa agora, Su, não há tempo para tosse, eu sei que você está gripada e que aí está frio mas, Su, são cinco impulsos, Su, por favor, é uma resposta simples que quero de você, Su, você me ama ou não, quem é esse cara aí que está ao seu lado dizendo, vamos, vamos, eu não sei quem é esse cara, Su, mas explique para ele que esta conversa é importante, é a mais importante da minha vida, Su, agora são só quatro impulsos, Su, por favor, eu nem sei se este cartão vai agüentar, Su, eu agüentei tanto, Su, eu amo você desde que éramos crianças e brincávamos juntos, desde que a gente se telefonava de madrugada, agora são três impulsos, Su, e você sempre simpatizou comigo, você dizia que eu era como um irmão para você e continuou repetindo isso desde aquela época, mas agora chega, Su, esta história de irmão acabou, Su, agora são dois impulsos, Su, pelo amor de Deus, responda, eu quero saber se você me ama – não, Su, eu não tenho de me explicar melhor, Su, eu não quero discutir o que é o amor, Su, isto é conversa para um ano inteiro, eu não tenho esse tempo, Su, eu só tenho mais um impulso, Su, um só, unzinho só, daqui a pouco a ligação vai cair, responda agora, Su, agora, agora, agora, Su, você me ama, Su, eu tenho de saber, porque se você não me ama eu –

COMO ERA BELA A ESCRAVIDÃO

Muitos achavam que o casamento não poderia dar certo, tão diferentes eram um do outro. Ele, grande, loiro, porte algo majestático, face impassível. Ela era miúda, tímida. Ele era procurador em uma grande empresa. Ela era digitadora na mesma empresa. Ele era respeitado, temido até. Ela era tímida. E morena. Escurinha. O contraste chamava a atenção.

Contudo, casaram-se. E como muitos haviam previsto, logo começaram os problemas. Pois ela continuou a trabalhar na empresa; e como não se tratava de uma digitadora especialmente boa, era repreendida, por ele, na frente de todo mundo. Finalmente, pediu para se afastar do serviço, porque então já estava grávida, de modo que ele concordou. Com uma condição: demitiria a empregada e ela teria de fazer todo o trabalho doméstico. Mesquinho que era, preparou uma lista com todos os deveres, determinando os horários nos quais deveria cumprir as obrigações. Elaborou até um contrato, assinado pelos dois.

A criança veio ao mundo e era muito escura, o que despertou, nele, certa desconfiança. Interrogou os sogros e recebeu a confirmação: sim, havia antepassados negros na família, incluindo um rei nagô, que se havia suicidado para não cair vivo nas mãos dos inimigos brancos. Não se sabe se ficou satisfeito com esta afirmação; o certo é que, a partir de então, passou a exigir mais trabalho de sua mulher. Ela agora não só cuidava da criança, como também cozinhava, fazia a limpeza e lavava a roupa. Um dia ele a chamou para uma conversa. Recordou-lhe que os negros no Brasil haviam sido escravos até quase o início do século vinte, e que esta situação teria persistido, se não fosse a lei da abolição da escravatura. Alguns achavam boa, tal lei; mas ele a considerava especialmente ruim.

– Com isto quero te dizer – concluiu abruptamente – que a lei abolindo a escravatura não é mais considerada válida nesta casa.

Ela baixou a cabeça, não disse nada. Ele entregou-lhe um papel. Era uma declaração pela qual concordavam com a extinção da tal lei. Chorando, ela assinou. A partir de então, ele não apenas aumentou-lhe a carga de serviço, como introduziu castigos, começando com o racionamento da comida e chegando até o pelourinho. Ela agüentava sem dizer nada. Apenas olhava-o como um animal assustado. Uma noite, quando ele chegou em casa, o menino estava sentado no chão, chorando. O lugar estava transformado num caos infernal. Enfurecido, ele correu até o quarto da empregada, onde ela agora dormia. "Abre! Abre esta porta!"

Nenhuma resposta. "Abre, senão vou botar a porta abaixo a pontapé!"

A porta se abriu, e ela apareceu. Nua. O corpo inteiro estava pintado, como se ela fosse uma selvagem da África. O seu olhar era tão desvairado que ele recuou, assustado. Ela correu e, passando por ele, atirou-se pela sacada. Treze andares.

Sobre ele, o que se pode dizer é que entregou a criança aos avós. Foi-se, jurando que nunca mais casaria com uma descendente de rei nagô, daquelas que se suicidam para não cair nas mãos do inimigo.

NO TEMPO DA TOSSE COMPRIDA

Esta minha tossezinha, doutor? O senhor reparou nela? Claro que o senhor tinha de reparar, afinal o senhor é médico, os médicos têm de estar atentos para essas coisas.

Ah, essa tossezinha. Ela já me levou a muitos colegas seus, doutor. Fiz uma batelada de exames, raios-X, hemograma, tudo que o senhor possa imaginar. Não encontraram causa alguma, doutor.

Mas já que estamos falando em tosse, doutor, deixa eu lhe contar uma história. Velho gosta de contar história, o senhor sabe como é, e eu já estou com oitenta anos, tenho muito o que contar. Não estou lhe tirando o seu tempo? Não? Tem certeza? Que bom.

Pois a coisa foi a seguinte. Eu tinha uns quatro, cinco anos, quando peguei coqueluche – uma doença que a gente conhecia como tosse comprida. E a tosse comprida que eu peguei foi muito braba, doutor. Eu tossia sem parar, vomitava, estava ficando um graveto, de tão magrinho. E o pior é que não havia remédio. O médico que nós consultamos recomendou a única coisa que se fazia naquela época – vôos de avião. O senhor nem deve saber disso, mas naquela época se acreditava que, respirando o ar lá de cima, o ar que era mais puro, o doente de coqueluche podia melhorar.

Só havia um problema. Custava caro, aquilo. Havia pilotos que faziam este serviço, num monomotor, mas cobravam uma nota. E meu pai, que era funcionário público e ganhava pouco, dizia que não podia pagar. O que foi motivo de muita discussão entre ele e minha mãe. Ela queria fazer alguma coisa pelo filho, insistia com o marido, e começava o bate-boca, que às vezes se prolongava até de madrugada. Eu ouvia tudo, e o senhor pode imaginar que angústia me dava. Aí mesmo é que eu tossia. Tossia, tossia, sem parar. E vomitava, e me urinava todo... Um horror.

Por fim, minha mãe cansou. Vou tomar providências, avisou. E se disse, melhor fez. Saiu uma tarde e voltou com a notícia: fora ao aeroclube da nossa pequena cidade e combinara com um piloto um vôo para o dia seguinte, pela manhã. E como é que vamos pagar isto, perguntou meu pai. Minha mãe não respondeu. Há dias não falava com ele.

No dia seguinte, lá estávamos nós, doutor, o piloto, muito simpático, com bigodinho e dente de ouro – esse detalhe recordo bem. Instalou-nos no pequeno avião, que ainda era daqueles de carlinga aberta; mamãe e eu ficamos no banco de trás. Não precisa ter medo, disse, mas eu não estava com medo, ao contrário, aquilo para mim era aventura.

E que aventura foi, doutor. Era a primeira vez que eu voava e estava deslumbrado – dali, de entre as nuvens, eu avistava lá embaixo as casas, os carros, as peças, tudo pequenino. Em dado momento, achei que tinha visto meu pai. Olha o papai, mamãe, gritei, mas ela não respondeu – decerto não ouviu.

Voamos por cerca de meia hora e depois ele aterrissou. Mas não no aeroclube, e sim num campo – era, fiquei sabendo depois, a fazenda dele, do piloto. Havia ali uma espécie de galpão. O piloto desceu, ajudou minha mãe a descer também, e me disse:

– Já voltamos. Só vou mostrar uma coisa para a tua mãe.

Colocou-me no assento dele, e disse que eu podia mexer nos comandos à vontade:

– Só não vá levantar vôo – acrescentou, rindo.

E entraram os dois no galpão. Eu fiquei brincando de piloto, mas lá pelas tantas – estavam demorando – cansei, e resolvi procurá-los. Fui até o galpão, mas, antes de entrar, espiei por uma frincha. E ali estavam, deitados num monte de palha, o piloto e minha mãe. Os dois nus. Os dois abraçados.

Não disse nada, e voltei para o avião. Pouco depois eles apareceram, vestidos. Como se nada tivesse acontecido, embarcaram. O avião levantou vôo e regressamos ao aeroclube.

Em casa, papai perguntou como eu me sentia. Eu disse que me sentia bem. Não sei se foi o efeito do vôo; o certo é que comecei a melhorar da coqueluche.

Mas não fiquei inteiramente bom. Sobrou essa tossezinha, que o senhor notou, e que resiste a gotas, pílulas e xaropes. Talvez um passeio de avião adiantasse. O problema, doutor, é que não fazem mais aviões de carlinga aberta. Isto, só no tempo da tosse comprida.

BIBLIOGRAFIA COMENTADA

1. Souza, Madalena. *Amor, vasto e oceânico amor: minha vida com Aristóteles Souza*. São Paulo: Bouquiniste, 1991.

Interessante obra em que a autora conta a história de seu casamento com o historiador e ensaísta Aristóteles Souza, recentemente falecido. Cenas tórridas se sucedem nesta obra cuja tese principal é: a vida intelectual não preclude a possibilidade de uma ligação apaixonada entre duas pessoas.

2. Aguiar, Evarista. *Sob as águas do profundo oceano: minha relação com Aristóteles Souza*. São Paulo: Retorquir, 1992.

Fascinante obra em que a autora, jornalista, fala de sua relação com Aristóteles Souza, historiador e ensaísta falecido no ano passado. É revelada a "vida secreta" (a expressão é da autora) de um intelectual conhecido no país e no exterior. A acusação de duplicidade moral aparece de forma velada, mas a autora admite que, apesar de clandestina, a sua ligação com Aristóteles foi das mais felizes.

3. Souza, Madalena. *Pescando nas turvas águas de um mar revolto: as mentiras sobre Aristóteles Souza.* São Paulo: Prateleira Eds., 1993.

Polêmica obra em que a autora contesta livro da jornalista Evarista Aguiar, falando de uma ligação secreta com Aristóteles Souza, historiador e ensaísta falecido há dois anos. Madalena rechaça vigorosamente a versão de que seu marido, conhecido intelectual, levava uma vida dupla. Insinua que, ao contrário, Evarista Aguiar assediava constantemente o historiador e ensaísta, talvez buscando promoção pessoal; daí o título – "Pescando em águas turvas"; é, como se sabe, uma expressão muito usada para designar a busca de benefícios em situações dúbias.

4. Aguiar, Evarista. *Filho de peixe, peixinho é: a prova definitiva da oculta vida amorosa de Aristóteles Souza.* São Paulo: Farpas, 1994.

Perturbadora obra em que a autora, jornalista, sustenta ter provas de sua ligação secreta com Aristóteles Souza, historiador e ensaísta falecido há três anos. "Tive um filho com ele", garante, e a foto lá está, reproduzida na página 43. Trata-se de um garoto de dez anos, muito parecido com Evarista, cuja foto ali também está, mas não tanto com Aristóteles. A autora garante que a paixão já manifestada por seu filho por livros de História ("é só o que ele lê") é uma prova de paternidade, porque "filho de peixe, peixinho é".

5. Souza, Madalena. *O canto desafinado da sereia: as mentiras de uma certa Evarista*. São Paulo: Prosódia, 1995.

Vociferante obra em que a autora, viúva do historiador e ensaísta Aristóteles Souza, falecido há quatro anos, contesta a jornalista Evarista Aguiar, que afirma ter tido um filho com o conhecido intelectual. "A prova do DNA desmentiria facilmente tais fantasias", diz Madalena, desafiando a rival a provar o que diz.

6. Aguiar, Evarista. *Dobrando o Cabo das Ilusões Perdidas: o desespero da pobre Madalena*. São Paulo: Contestação, 1996.

Irônica obra em que a jornalista Evarista Aguiar continua sustentando que teve um filho com Aristóteles Souza, filho este que acaba de abandonar a mãe, irritado com a polêmica por esta mantida com Madalena Souza, viúva do historiador e ensaísta. Evarista desafia a rival para um debate, que será gravado para posterior publicação.

7. Aguiar, Evarista & Souza, Madalena. *Batalha naval: polêmica em mares agitados*. São Paulo: Debate, 1997.

Confusa obra em que a jornalista Evarista Aguiar e Madalena Souza, viúva do historiador e ensaísta Aristóteles Souza, debatem suas relações com o falecido intelectual. Apesar das contundentes afirmativas, o leitor dificilmente chegará a uma conclusão em relação à palpitante pergunta: qual das duas está certa?

8. Aguiar, Evarista & Souza, Madalena. *Arco-íris sobre o oceano: o surgimento de uma paixão inesperada*. São Paulo: Harmonia, 1998.

Lírica obra em que Evarista Aguiar, jornalista, e Madalena Souza, viúva do historiador e ensaísta Aristóteles Souza (uma forma de apresentação que ela agora recusa: quero assumir minha própria identidade, diz), falam da paixão que brotou entre ambas ao final do debate que mantiveram durante alguns anos. "Somos felizes agora", dizem, ao término do livro. Prometem que com isto encerra-se a produção bibliográfica de ambas, uma notícia que certamente não deixará tristes os leitores.

GRAVANDO, GRAVANDO

Você me trata mal, ela dizia, você me diz coisas horríveis, coisas que um homem decente jamais diria a uma mulher. Acusação que ele rejeitava, indignado e irônico: você não sabe o que está dizendo, você vive num mundo de fantasia, ouvindo vozes.

Discussão que se prolongou por anos, até que ela teve uma idéia: provaria ao marido concretamente o que estava afirmando. Para isto, comprou um pequeno gravador, e passou a usá-lo constantemente, escondido sob a blusa. Ele de nada desconfiava. Continuava com seus impropérios. Quando a fita chegou ao fim – duas horas de agressões e desaforos – ela decidiu confrontar o marido com a realidade. À noite, depois do jantar, chamou-o ao quarto:

– Tenho uma coisa para lhe mostrar.

– O que é isto? – Ele, desconfiado, olhando a fita e o gravador.

– Ouça.

Ele ouviu. Por duas longas horas, ouviu. Quando a gravação terminou, estava arrasado:

– Você tem razão – disse, a voz embargada, os olhos cheios de lágrimas. – Eu não presto mesmo. Sou tão ruim, tão perverso, que nem de minha maldade me dava conta.

Levantou-se:

– Vou-me embora. Não mereço viver a seu lado.

Foi mesmo. Sumiu tão completamente, que ela nem sabe de seu paradeiro. Vive só; e a verdade verdadeira é que sente falta dele. Para se consolar, todos os dias ouve a gravação.

O gravador:

– Você é idiota, mulher, você tem cérebro de minhoca, você não faz nada direito.

Ela:

– Amor, onde estás, amor?

O gravador:

– Na cama você é um desastre, trepar com uma pedra de gelo é melhor do que trepar com você.

Ela:

– Volta para mim, não posso viver sem você.

O gravador:

– Arrependo-me de ter saído à rua no maldito dia em que te encontrei. Se pudesse voltar atrás...

Ela:

– Fala mais, amor! Me xinga, me puteia, mas fala mais!

Inútil: o gravador está mudo. Qualquer gravador cala quando a fita termina.

HISTÓRIA DO MOVIMENTO OBREIRO

– Como muita gente, eu tive de fugir em 1964 – ele disse. – E, como muita gente, fui para o Uruguai. Mas, dentro do Uruguai, acabei no lugar mais improvável para um subversivo: Punta del Este. Eu tinha um amigo lá, um uruguaio chamado Pablo, e este amigo me ofereceu o apartamento da tia, que estava vazio. Ali passei umas duas semanas comendo e bebendo do melhor – a despensa estava cheia. Mas briguei com o tal Pablo, e ele simplesmente me botou para fora, eu sem um centavo no bolso.

Sorveu um gole de uísque.

– Naquela noite dormi ao relento. Felizmente, não estava muito frio, de modo que sobrevivi. O dia raiou e eu vagueava sem destino pelas ruas da cidade, quase deserta naqueles meses de inverno. Começou a chover e entrei numa livraria. Ali descobri a obra que mudou o rumo da minha vida: *La Historia del Movimiento Obrero*. Em dois volumes, com belas ilustrações, era uma coisa deslumbrante. E o texto – que texto! Lendo-o, tudo fazia sentido, tudo, toda a história da humanidade, a minha própria trajetória pessoal. Passei ali todo o dia, lendo.

Tomou mais um gole da bebida.

– Aí veio a moça que tomava conta da livraria e me disse – de bons modos, naturalmente – que eu não poderia ficar lendo livros, que aquilo era uma livraria, não uma biblioteca. Além disto, acrescentou, *La Historia del Movimiento Obrero* não era curta, muitos capítulos eu teria de superar antes de chegar ao final (se é que havia final, parece que um terceiro volume, o decisivo, era esperado). Perguntei o preço, ela consultou o catálogo e me disse. Era caro, algo assim como sessenta dólares. Não digo que não valesse, certamente valia; mas, pobretão que eu era, tratava-se de uma quantia simplesmente inacessível. Agora – era linda, a moça, e eu fiz o possível para conquistá-la. Pensava em seu amor, naturalmente, e pensava também num pequeno apartamento com uma boa cama e refeições quentinhas; mas, sobretudo, pensava no livro. Apaixonada por mim, certamente ela me permitiria ler. Talvez até subtraísse a obra da livraria para mim. Seguramente compreenderia não se tratar de roubo, mas sim de expropriação. Mas todas as minhas tentativas foram inúteis. Quando lhe pedi que me emprestasse o primeiro volume até o dia seguinte – no momento em que a livraria abrisse eu estaria ali para devolvê-lo – perdeu a paciência e pediu que eu saísse. Garçom, mais um uísque.

O silencioso garçom veio, levou o copo e trouxe outro uísque.

– Saí, desesperado, a vagar pelas ruas de Punta Del Este. De repente, o milagre: na sarjeta uma carteira, uma bela carteira em couro legítimo; e dentro dela uma nota de cem dólares. Talvez fosse uma nota falsa, isto naquela época já era um problema, mas a mim isso não importava: corri à livraria. Que estava fechada. Um pequeno cartaz dizia que o horário de funcionamento ia até às nove da noite, não eram nove ainda, mas a livraria já estava fechada. Que frustração, meu amigo. Não: que desespero. Depois de tudo o que eu passara, aquela ironia do destino. Era demais. Pusme a chorar. Chorei, chorei todas as mágoas que eu tinha. E depois saí a andar sem destino. Escute: você não bebe?

Respondi que não.

– Pena. Este uísque está ótimo. Mas então: andei, andei – e de súbito me vi diante do cassino. E aí a tentação, e se jogasse? Poderia não apenas comprar o livro, como também comer, e comer muito bem, e dormir num hotel, ainda que modesto. Entrei. Joguei. E ganhei. Ganhei muito. Muito mais do que jamais imaginaria. Quando fui para o hotel, às sete da manhã, era – pelo meus padrões – um cara rico. Pedi uma lauta refeição, tomei um banho de banheira e depois adormeci. Quando acordei, já estava anoitecendo. Corri para a livraria e aí, dolorosa surpresa: *La Historia del Movimiento Obrero* tinha sido vendida. E era o único exemplar em estoque, disse-me o dono. Olhei ao redor, não vi a moça, perguntei onde estava. Ele me respondeu que a despedira: parece que era tolerante demais, permitia que alguns rapazes furtassem coletâneas de poemas eróticos, e além disto fechava o estabelecimento antes da hora. Comecei a conversar com o homem. Resulta que estava com problemas financeiros, em sua pequena livraria, e que precisava de algum capital. Para encurtar a história, tornamo-nos sócios. Foi a primeira de uma série de livrarias que abri. Agora não estou mais no ramo, passei para a construção civil, mas não foi pouco o que ganhei.

– E *La Historia del Movimiento Obrero*? – perguntei.

– Pois é – sorriu, pela primeira vez naquela noite, um sorriso melancólico. – Sabe que nunca mais ouvi falar daquele livro? E bem gostaria de saber como termina. Se você encontrar um exemplar por aí, me avise. Pago um preço razoável.

Pensou um pouco e concluiu:

– Desde que, naturalmente, esteja em boas condições.

PAI E FILHO, FILHO E PAI

Não havia como negar – o bebê era a sua cara – e, pressionado pelas duas famílias, assumiu: assim, aos catorze anos era pai. Difícil, muito difícil: cidade pequena, no começo do século, gente conservadora olhando-o feio na rua. Pior: pouco depois de dar à luz, a namorada, menina triste, recusou-se a ver o bebê; perturbada, acabou sumindo e nunca mais foi vista. Anos depois, correu a história de que havia morrido num hospício.

Ele teve, pois, de enfrentar sozinho a paternidade. Mas estava decidido, tão decidido quanto poderia estar um rapaz de sua pouca idade. Ajudado – não sem relutância – pelos pais, pessoas muito religiosas e responsáveis, dedicou-se por inteiro à tarefa. Trocava as fraldas do bebê, preparava as mamadeiras, dava banho. Era uma atividade contínua; só a interrompia para ir à aula e fazer os deveres de casa, bom aluno que era (mas não passou, infelizmente, do primário). De namoro e de futebol – adorava bater uma bolinha – não poderia mais sequer cogitar. Daí em diante sua vida transcorreria sob o signo da paternidade. Pai era, e pai seria para sempre.

O bebê foi crescendo. E, o bebê crescendo,

eles ficavam cada vez mais parecidos. Os que não sabiam da história – os recém-chegados à cidade, por exemplo – achavam que eram irmãos; ele, por constrangimento, não o desmentia; e o filho, quando começou a entender o que se passara, entrou no jogo do pai: "Quem me deu esta bicicleta? Foi o meu irmão mais velho"; ou: "Se você bater em mim, conto pro meu irmão". Ele, por sua vez: "Tenho um irmãozinho que é uma graça, garoto muito vivo, muito esperto".

Juntos ficaram pelo resto da vida. Nenhum dos dois casou. Tiveram os seus casos, obviamente, mas nem por isso se separaram; continuaram morando na mesma velha casa, e assim a vida se passou.

Agora o pai tem noventa e quatro e o filho oitenta, mas tal diferença pouco significa, como seria de esperar. Fisicamente são parecidíssimos: as mesmas rugas, a mesma boca desdentada. Mais que isto, tornaram-se senis quase ao mesmo tempo: os dois falam coisas sem sentido, os dois urinam nas calças, os dois tiram a roupa de repente. No asilo para idosos a que ambos foram recolhidos, ninguém sabe quem é o pai e quem é o filho; nem eles próprios, parece. Aquele que chama o outro de "paizinho querido" um dia, no dia seguinte gritará pelo "filhinho amado".

Não faz muita diferença. Algum problema poderá surgir quando do óbito – quem morreu, o pai ou o filho? – , mas o administrador do asilo garante que esta dúvida não prevalecerá. Ele sabe que, quando os dois chegaram, há quinze anos, sendo alojados no mesmo quarto, o pai escolheu a cama da direita e o filho, a da esquerda; em meio a toda a deterioração mental que se seguiu esta escolha se manteve. E se manteria pela eternidade, se eternidade fosse possível, ou se – em sendo impossível – admitisse o perene amor entre pai e filho.

PROBLEMA

Considere o que está exposto abaixo.

Um homem vai ao órgão nacional de estatística e pergunta à simpática moça que atende ao balcão qual a expectativa de vida no sexo masculino. Obtida a resposta, e mediante um cálculo relativamente simples, o homem deduz: restam-lhe doze anos, seis meses e três dias de vida.

O homem não trabalha. Não tem renda alguma. Economizou um dinheiro e é disto que vive. Dividindo a quantia disponível por seus gastos diários, acrescido de despesas eventuais (cuidadosamente estimadas), chega à conclusão de que o dinheiro durará doze anos, seis meses e dois dias.

Agora, responda.

1) Deve o homem contestar o cálculo da expectativa de vida, ele que sempre depositou uma fé quase religiosa nos números e na ciência, a ponto de dizer aos amigos: "Deus é apenas uma probabilidade"?

2) Está o homem autorizado a tentar um aumento da quantia disponível (mediante inteligente investimento, mediante sórdida especulação, mediante cínica usura) de modo a estender a cobertura financeira àquele derradeiro dia?

3) Se, ao contrário, o homem morrer antes do prazo – acidentes ocorrem –, que destino deve ser dado à quantia que não foi utilizada? Será justo, por exemplo, destinar este dinheiro a uma bolsa de estudos para jovens estatísticos?

4) É possível que a moça do órgão de estatística se tenha enganado? Discuta as razões possíveis para tal engano. (Exemplos. Engano para mais: instantaneamente apaixonada pelo homem, que é humilde, mas de boa aparência, ela quer lhe dar uma boa notícia, talvez com a esperança de estabelecer assim sinceros laços de amizade, com possibilidade de namoro, casamento etc. Engano para menos: agradável na aparência, a moça é, contudo, uma sádica: diminuiu propositadamente a expectativa de vida, porque "pode ser que este velho morra de uma vez".)

5) Deve este homem comprar um relógio? Estará procedendo certo, se dedicar o tempo a olhar os ponteiros em seu implacável deslocamento – ou os números no mostrador em rápida sucessão? E se a pilha do relógio gastar, deve ele comprar uma nova, sacrificando assim parte da quantia que deveria mantê-lo vivo? Ou deve adquirir uma ampulheta?

6) Supondo que você tenha o conceito exato do que é "expectativa", que não está fazendo nenhuma confissão a respeito – defina "vida". Entendeu? Defina "vida" em não mais de noventa palavras, incluindo-se aí os artigos, definidos e in-

definidos, as conjunções, os pronomes, os expletivos, as interjeições, os sinais gráficos.

7) O que são estes comprimidos brancos que você toma, e por que os toma?

8) Em sua opinião, existe um "pool" de sonhos, de fantasias, de mágicos desejos? Nas disposições que adotou, está o homem participando desse "pool"? Ou está se comportando como um heretodoxo, como um alienígena, até?

9) Considere os adjetivos que seguem. "Engenhoso", "Veraz", "Sentimental", "Crédulo", "Sibilino", "Amável", "Proteiforme", "Neurótico", "Anárquico", "Anal", "Patético", "Genuflexo". Qual deles se aplica ao homem? Por quê? Explique em não mais que cinco linhas. E não discuta: se a vida é limitada, o espaço para textos, sobretudo os que pretendem explicar algo, também deve sê-lo?

10) Em sua opinião, quais serão as últimas palavras dele?

11) Se o homem encontrar uma viúva rica, e se por puro interesse casar com ela, terá o direito de usar o dinheiro resultante deste verdadeiro golpe do baú para cobertura financeira em seu derradeiro dia de vida? Você atribuiria tal encontro (com a viúva rica) à expressão da vontade divina ou de algum outro desígnio misterioso? Justifique.

12) Como deve o homem passar o último dia de sua vida, aquele para o qual ele não tem reservas monetárias? Rezando? Meditando? Escreven-

do poemas? Entoando baixinho antigas canções de ninar? Lendo? Fornicando? Caminhando? Soluçando?

13) O número treze diz alguma coisa a você? Se diz, não se acanhe, transmita-a, e por escrito. Em poucas palavras. Não mais de treze, naturalmente.

MEU MELHOR POEMA

Meu melhor poema. Você quer saber qual é o meu melhor poema. Vocês, jornalistas, têm disto: sempre querem saber qual é o melhor, o maior, o mais vendido, o mais famoso. Tem gente que não gosta destas perguntas, sabe? Mas não é o meu caso. Acho que você tem o direito de perguntar o que quiser. E vou responder, sim. Por que não? Vou responder.

O meu melhor poema... Sim. Deixe-me primeiro contar como o escrevi, o meu melhor poema. A história é interessante.

Eu estava na cadeia. Preso político: o ano era 1972, eu tinha assinado um manifesto qualquer e estava na cadeia, aguardando inquérito, sob os cuidados de um tal capitão Bento.

Ah, Deus, era sádico, aquele capitão Bento. Torturador famoso: os outros presos contavam histórias horripilantes a seu respeito. Provavelmente verdadeiras. Pelos gritos que a gente ouvia, vindos do porão, as histórias eram provavelmente verdadeiras.

Um dia o capitão Bento mandou me chamar. Confesso que gelei. Até então não tinha sido interrogado, e tudo indicava que chegara a minha vez. Preparei-me, portanto, para o pior. Dei aos companheiros o nome e o endereço de minha mulher, pedi-lhe que a avisassem caso eu não voltasse. E, acompanhado pelo guarda, desci ao porão.

Ali estava o capitão, um homem baixo muito forte, moreno, bigodudo, olhinhos cruéis.

– Você é o poeta? – perguntou.

Estranhei, mas respondi: sim, sou o poeta. Ele então mandou que todos saíssem. E aí voltou-se para mim: não se assuste, disse, não vou torturar você. Pensou um pouco e acrescentou:

– Desde que você colabore comigo.

Achei que ele ia me pedir para entregar alguém, mas – nova surpresa – não era isso. O que ele queria era outra coisa, e quando disse fiquei boquiaberto:

– Quero que você escreva uns versos para mim.

Explicou: havia um concurso de poesias em sua cidade natal, onde não ia há muito tempo, e ele decidira concorrer – sempre quisera ser poeta e até espalhara entre os conterrâneos que tinha muitos versos na gaveta. Agora chegara o momento de mostrar o seu talento. E para isto contava comigo. Se eu escrevesse uns versos ele me pouparia. Não me soltaria – isso não podia fazer –, mas não me torturaria.

Passado o instante inicial, uma enorme raiva me envolveu. Ali estava o filho da puta, o suposto defensor da lei e da ordem, querendo me envolver numa falcatrua. Disse que não escreveria porra nenhuma.

Ele fechou a cara. Abriu a porta, chamou os ajudantes:

– Preparem o cara.

Fui torturado. Deus, como fui torturado. Cigarro aceso no peito, mangueira d'água no rabo, tudo que você pode imaginar. Finalmente, não agüentei mais: está bem, eu disse, farei o que você pede.

Ele mandou os homens saírem, pegou um bloco e uma caneta, mandou que ditasse. Eu pensei um pouco, achando que não ia sair nada. Mas de repente um poema me ocorreu, um poema belíssimo. Fui ditando, verso após verso, a voz entrecortada enquanto ele anotava febrilmente, às vezes pedindo que eu repetisse as palavras que não entendia.

Não sei se ganhou a porra do concurso. Sei, sim, que aquele foi o meu melhor poema. Disparado o melhor.

Como era? Como era o poema? Pois isto é o pior de tudo: não lembro. Aliás, se lembrasse não adiantaria, porque o tal poema já tem autor. Não, não lembro, e não tenho como lembrar. Nem ao capitão Bento posso perguntar, ele morreu há muito tempo.

Lembro, sim, de meus gritos e gemidos. Se quiser, posso repetir para você. Mas gritos e gemidos não fazem um poema. E mesmo que fizessem, não há maneira de reproduzi-los na página escrita. São como o topo do iceberg, a única manifestação visível da enorme massa de sofrimento da qual nascem todos os nossos poemas, os nossos melhores poemas. Deus, não é má essa frase, hein? Não é má. Não chega a dar poema, mas não é má.

O CENSOR

Meu tio Rodolfo era censor. Na família, ninguém sabia exatamente o que fazia, qual o seu trabalho; mas – era época da ditadura – todos estavam bem conscientes de que ocupava um cargo importante, que havia lugares onde mandava e desmandava, jornais e rádios, inclusive. Era uma figura impressionante, o meu tio: homem alto, sisudo, andava sempre de terno escuro e gravata, levando uma pasta contendo, assim o imaginávamos, documentos muito importantes, documentos vitais para o governo. Nós o víamos todas as semanas: solteirão, aparecia em nossa casa aos domingos para almoçar. Para nós, crianças, era uma presença incômoda, aquele homem que não apenas não trazia presente algum como sequer falava conosco. Mas o meu pai, pequeno funcionário público, orgulhava-se do irmão mais velho, ainda que o temesse, e recebia-o com todas as honras. Era, disparado, o melhor almoço da semana. Só que não podíamos participar: meu tio não gostava de crianças. Durante anos, portanto, ficávamos espiando os três, tio Rodolfo, papai e mamãe comendo e conversando – melhor dizendo, meus pais falavam. Tio Rodolfo só escutava. E sempre com aquele ar majestático.

Lá pelas tantas a coisa mudou. O tio Rodolfo continuava censor, vestia-se do mesmo jeito, andava com a mesma pasta – mas já não era a mesma coisa. Àquela altura, nós, meus dois irmãos e eu, já éramos taludos e entendíamos um pouco o que estava se passando: a ditadura tinha acabado, a censura também. Isto foi uma novidade. A outra novidade é que já podíamos almoçar com os adultos aos domingos. Ou porque já estávamos à altura disso, ou porque o tio Rodolfo perdera poder (e meu pai ganhara: agora era chefe da repartição), sentávamos à mesa com ele. E nem sequer nos sentíamos inibidos: conversávamos, ríamos, contávamos anedotas de sacanagem. O tio Rodolfo se mostrava visivelmente contrariado, mas pouco estávamos ligando.

Um domingo, pouco antes de ele chegar, meu pai nos reuniu. Um tanto embaraçado, disse que o tio Rodolfo não andava bem de saúde, que se incomodava por qualquer coisa e que tínhamos de colaborar. Como? Meu pai hesitou:

– Não usem palavrões – disse, por fim. – É a coisa que mais incomoda o tio Rodolfo, os palavrões de vocês.

Apelou para a nossa compreensão: durante anos, o homem vigiara a linguagem dos outros, aquilo se tornara uma segunda natureza.

Naturalmente, concordamos. Mas, safados

que éramos, imediatamente bolamos uma maneira de irritar o velho, ou ao menos deixá-lo encucado. Era o seguinte: fizemos uma lista dos palavrões que usávamos (era uma longa lista, podem crer) e adotamos codinomes para eles. Já não lembro da maioria, mas "merda", por exemplo, era "estrela". Já imaginaram? Estrela, essa coisa tão bonita, tão sublime, para nós era um oculto palavrão.

E aí começou. E eu me lembro bem da primeira vez em que usamos o código. Já estávamos almoçando, e meu irmão me pediu para alcançar alguma coisa, pega você mesmo, eu disse, e ele, indignado: ora, vai à estrela, cara.

Confesso que no primeiro momento não me dei conta, nem eu, nem meu outro irmão. Mas quando nos lembramos, caímos na gargalhada. Vai à estrela, cara! Vai à estrela! Rimos tanto que tivemos de sair da mesa. Nossos pais, constrangidos, não sabiam o que dizer. Quanto ao tio Rodolfo, ficou quieto, imóvel. Mais tarde nós o vimos sair, carregando sua inevitável pasta.

Nos dois domingos seguintes não apareceu. Meu pai, apreensivo, foi à casa dele; encontrou-o de cama, respirando com muita dificuldade e dizendo coisas sem sentido. O médico veio, disse que era pneumonia, hospitalizou-o. Não durou muito. Um mês depois fomos ao seu enterro.

Meus irmãos acabaram esquecendo o ocorrido, mas eu não. Lembrava sempre o tio Rodolfo a nos fitar, enquanto ríamos. Lembrava o seu olhar estranho, furibundo mas ao mesmo tempo angustiado; o olhar de quem imploraria, se pudesse, que não fizéssemos aquilo.

E penso nele por outra razão. É que estou com câncer de reto e vou ser operado; na noite em que o doutor me deu o diagnóstico eu custei a dormir. Quando por fim adormeci, sonhei com meu tio. Ele me dizia, sorrindo: é a estrela que não passa, cara, a estrela.

Verdade. A estrela não passa. Com perdão do meu tio censor, a vida é uma merda.

RETORNO

Caminhavam em silêncio pelo parque, o areião da aléia rangendo sob os pés. Ao chegarem ao pequeno lago, ela o segurou pelo braço.

– Foi aqui – disse, a voz um pouco embargada –, foi exatamente aqui que Eduardo disse, pela primeira, que a amava.

– É verdade – concordou ele. – Foi aqui que Eduardo disse pela primeira vez que amava Francesca.

– A Francesca corou, ficou com os olhos cheios de lágrimas. Era muito emotiva, ela.

– Muito. Um vulcão de emoções. Há muito esperava por aquele momento, por aquelas palavras. E quando finalmente aconteceu, ela não pôde se conter, a Francesca.

– Ele também estava emocionado. O Eduardo.

– Verdade. Ele também. Muito emocionado, o Eduardo. Seguimos?

Continuaram a caminhada. Ela apontou uma árvore:

– Ali, sob aquela árvore, eles se beijaram pela primeira vez, a Francesca e o Eduardo.

– É. Aquela árvore. Era uma árvore bem

nova, naquela época. Também, quanto tempo faz isto? Trinta anos?

– Trinta e um.

– Trinta e um. Quem diria. O tempo passa. Francesca e Eduardo. Trinta e um anos.

– Eles estavam sentados ali no banco. E estavam conversando, a Francesca e o Eduardo. Ou talvez não. Talvez estivessem em silêncio, a Francesca e o Eduardo.

– É, talvez estivessem em silêncio, a Francesca e o Eduardo.

– De repente, o Eduardo a puxou para si e a beijou. Um beijo longo, apaixonado. Francesca nunca tinha sido beijada assim. Na verdade, Francesca nunca tinha sido beijada. Por isto resistiu um pouco. Sentia medo. Medo de se deixar cair no abismo sem fim.

– O Eduardo percebeu. Alguma experiência ele já tinha. Francesca não era a sua primeira namorada. Mas foi a primeira por quem sentiu paixão de fato, paixão verdadeira. O Eduardo foi gentil com ela, não a forçou a nada.

– Isto mesmo. Foi gentil, o Eduardo.

Continuaram a caminhar. Chegaram ao chafariz:

– Aqui – disse ele – brigaram pela primeira vez, a Francesca e o Eduardo.

– Brigaram feio, a Francesca e o Eduardo.

– E por bobagem.

– Por bobagem. Mas feio. A Francesca foi embora chorando.

– No dia seguinte se reconciliaram. O Eduardo telefonou, pedindo perdão.

– Se reconciliaram, a Francesca e o Eduardo. Mas já não foi a mesma coisa.

– Você diria que era o começo do fim? Do fim, entre Eduardo e Francesca?

– Quem sabe? Deve ser como a vida: a gente nasce e já começa a morrer. O amor brota e no mesmo instante está fenecendo.

Ficaram em silêncio.

Ele apontou uma árvore:

– Naquela árvore, Eduardo gravou os nomes dos dois, Eduardo e Francesca. Com um canivete. O canivete que depois perdeu.

– Ele perdeu o canivete? O Eduardo?

– Perdeu. Você não sabia? Você não sabia que o Eduardo tinha perdido o canivete?

– Não. Ou talvez soubesse. Talvez tenha esquecido.

Uma pausa, penosa pausa. Ele pigarreou:

– Você quer ir até ali?

– Para quê?

– Para ver os nomes gravados na árvore. Eduardo e Francesca.

– Será que ainda estão gravados?

– Não sei. Só olhando.

– Talvez seja melhor não olhar. Talvez seja bom dar ao passado o benefício da dúvida.

– Talvez você tenha razão. – Estendeu-lhe a mão: – Nos despedimos, então.

Ela apertou-lhe a mão sem dizer nada. E se separaram: Eduardo foi para um lado, Francesca para outro. E nunca mais se viram.

DESCOBERTA

A operação teve um êxito até inesperado, e assim, depois de muitos anos de cegueira, Helena conseguiu recuperar a visão. Foi um deslumbramento, claro. Nos primeiros dias ela mergulhou, deliciada, no mundo das formas e das cores; andava pela casa olhando para as coisas pelo simples prazer de olhar, de desfrutar aquilo que tinha perdido. Vasculhava tudo, abria gavetas e baús, buscando simplesmente o que ver. Foi assim que encontrou o livro.

A princípio, nada entendeu. Tratava-se de um livro pequeno, de bolso, uma edição barata dessas que há anos eram vendidas em banca de jornal. O nome que estava na capa era o de seu marido, Jorge de Almeida Santos, e isto já era motivo de estranheza, porque ele nunca lhe contara sobre qualquer coisa que estivesse escrevendo. O que mais a chocou, contudo, foi o título. Estava ali, em letras garrafais: *Minha vida com uma cega*. De imediato pôs-se a ler, mas não conseguiu passar de uma meia dúzia de páginas. E não o conseguiu porque as lágrimas lhe turvavam a recém-conquistada visão.

O que Jorge dizia ali era horrível, simplesmente horrível. Descrevia-se como um santo, um abnegado que dedicara a vida a cuidar de uma pessoa portadora de um defeito que não apenas a tornava incapaz, como fazia dela uma verdadeira megera. Cada página mostrava o mártir Jorge sofrendo em silêncio pela causa que abraçara.

Quando ele voltou para casa, já à noite – era professor de primeiro grau numa longínqua escola da periferia –, encontrou-a ainda chorando. Quando, surpreso, perguntou o que tinha acontecido, ela, sem uma palavra, mostrou-lhe o livro. Ele suspirou:

– Bem, então você descobriu. Está certo: um dia tinha de acontecer.

Sentou-se, baixou a cabeça, e ficaram um bom tempo em silêncio, um silêncio só quebrado pelos soluços dela. Finalmente ela perguntou, numa voz ainda estrangulada pela angústia.

– Mas como é que você fez isto comigo, Jorge? Como é que você foi fazer essa coisa comigo?

– Que coisa? O livro? Bem, o livro foi encomenda do dono dessa editora, um cara que eu conheci há muito tempo. Ele sabia que você tinha ficado cega, então me perguntou se eu escreveria alguma coisa sobre o assunto – os leitores iriam gostar. Eu sentei e escrevi. Você sabe que sempre tive facilidade para isto.

– Facilidade! – explodiu ela – Facilidade, você disse? Que facilidade, Jorge? É a minha vida, Jorge! Você destruiu a minha vida! Eu sei que foi difícil para você, eu sei que jamais me conformei com a cegueira, sei que fui grosseira, fui tudo – mas, pelo amor de Deus, Jorge, você tinha de contar isto, Jorge? Num livro, Jorge?

– Foi o que ele me pediu. Um livro.

– Um livro do qual você nunca me falou, Jorge!

– E como ia falar, Helena? – Havia um traço de amarga ironia na voz dele. – A nossa vida já era um inferno sem esse tal de livro. Imagine com ele.

– Mas por que você tinha de escrever isto, Jorge? Por quê?

Ele ficou em silêncio. Ela insistiu.

– Diga, Jorge: por que você tinha de escrever esta coisa?

Ele suspirou de novo, um fundo suspiro.

– Eu não deveria contar. Mas já que você descobriu, já que você quer saber... Diga, Helena: de onde acha você que saiu o dinheiro para a sua operação? Uma operação feita com o melhor especialista do país, num hospital que custou uma fortuna? Hein? Você decerto pensa que foi o seguro. Vou lhe dizer uma coisa, Helena: nem seguro eu tenho. Nós somos pobres, Helena. Muito mais pobres do que você imagina.

Calou-se um segundo, depois prosseguiu:

– Foi este livro, Helena, que pagou sua operação. E pagou sua operação porque o editor disse que era sensacional, que ia chocar todo o mundo. E chocou mesmo. Ninguém lhe disse nada, porque não era para dizer, mas chocou todo o mundo. Muita gente rompeu relações comigo. Seus parentes, então, nem se fala: queriam me matar. Mas eu fiz, Helena, fiz o que tinha de ser feito: consegui o dinheiro para sua operação. Você está vendo agora?

Sim, ela estava vendo. Estava vendo tudo. E o que sentia era uma grande, uma imensa nostalgia de certa abençoada cegueira.

Sobre o Autor

Moacyr Scliar nasceu em Porto Alegre em 1937. É autor de 48 livros, uma obra que abrange vários gêneros: ficção, ensaio, crônica e literatura juvenil. Muitos destes foram publicados nos Estados Unidos, França, Alemanha, Espanha, Portugal, Suécia, Argentina, Colômbia, Israel e outros países, com grande repercussão crítica. É detentor dos seguintes prêmios, entre outros: Prêmio Joaquim Manoel de Macedo (1974), Prêmio Erico Verissimo (1976), Prêmio Cidade de Porto Alegre (1976), Prêmio Guimarães Rosa (1977), Prêmio Brasília (1977), Prêmio Jabuti (1988, 1993 e 2000), Prêmio Associação Paulista de Críticos de Arte (1989), Prêmio Casa de las Americas (1989), Prêmio Pen Clube do Brasil (1990), Prêmio José Lins do Rego (Academia Brasileira de Letras, 1998). Formou-se em medicina em 1962, especializando-se em saúde pública. Viaja freqüentemente, tanto no país como no exterior, para congressos e conferências; em 1993 e 1997 foi professor visitante na Brown University (Departament for Portuguese and Brazilian Studies), nos Estados Unidos.

Moacyr Scliar é colunista dos jornais *Zero Hora* e *Folha de S.Paulo* e colabora em vários órgãos da imprensa no país e no exterior. Tem textos adaptados para cinema, teatro, tevê e rádio, inclusive no exterior. Em 2003, foi eleito membro da Academia Brasileira de Letras.

Obras do Autor

Contos:

O carnaval dos animais. Porto Alegre: Movimento, 1968.
A balada do falso Messias. São Paulo: Ática, 1976.
Histórias da terra trêmula. São Paulo: Escrita, 1976.
O anão no televisor. Porto Alegre: Globo, 1979.
Os melhores contos de Moacyr Scliar. São Paulo: Global, 1984.
Dez contos escolhidos. Brasília: Horizonte, 1984.
O olho enigmático. Rio de Janeiro: Guanabara, 1986.
A orelha de Van Gogh. São Paulo: Companhia das Letras, 1995.
Contos reunidos. São Paulo: Companhia das Letras, 1995.
O amante da Madonna. Porto Alegre: Mercado Aberto, 1997.
Os contistas. Rio de Janeiro: Ediouro, 1997.

Romances:

A guerra no Bom Fim. Rio de Janeiro: Expressão e Cultura, 1972; Porto Alegre: L&PM, 1981.
O exército de um homem só. Rio de Janeiro: Expressão e Cultura, 1973; Porto Alegre: L&PM, 1980.
Os deuses de Raquel. Rio de Janeiro: Expressão e Cultura, 1975; Porto Alegre: L&PM, 1983.
O ciclo das águas. Porto Alegre: Globo, 1975; Porto Alegre: L&PM, 1997.
Mês de cães danados. Porto Alegre: L&PM, 1977.
Doutor Miragem. Porto Alegre: L&PM, 1979.
Os voluntários. Porto Alegre: L&PM, 1979.
O centauro no jardim. Rio de Janeiro: Nova Fronteira, 1980; Porto Alegre: L&PM, 1983.

Max e os felinos. Porto Alegre: L&PM, 1981.
A festa no castelo. Porto Alegre: L&PM, 1982.
A estranha nação de Rafael Mendes. Porto Alegre: L&PM, 1983.
Cenas da vida minúscula. Porto Alegre: L&PM, 1991.
Sonhos tropicais. São Paulo: Companhia das Letras, 1992.
A majestade do Xingu. São Paulo: Companhia das Letras, 1997.
A mulher que escreveu a Bíblia. São Paulo: Companhia das Letras, 1999.

FICÇÃO JUVENIL:
Cavalos e obeliscos. Porto Alegre: Mercado Aberto, 1981.
Memórias de um aprendiz de escritor. São Paulo: Companhia das Letras, 1984.
No caminho dos sonhos. São Paulo: FTD, 1988.
O tio que flutuava. São Paulo: Ática, 1988.
Os cavalos da República. São Paulo: FTD, 1989.
Pra você eu conto. São Paulo: Atual, 1994.
Uma história só pra mim. São Paulo: Atual, 1994.
Um sonho no caroço do abacate. São Paulo: Global, 1995.
O Rio Grande Farroupilha. São Paulo: Ática, 1995.

CRÔNICAS:
A massagista japonesa. Porto Alegre: L&PM, 1984.
Um país chamado infância. Porto Alegre: Sulina, 1989.
Dicionário do viajante insólito. Porto Alegre: L&PM, 1995.
Minha mãe não dorme enquanto eu não chegar. Porto Alegre: L&PM, 1995.

ENSAIO:
A condição judaica. Porto Alegre: L&PM, 1987.
Do mágico ao social: a trajetória da saúde pública. Porto Alegre: L&PM, 1987.
Cenas médicas. Porto Alegre: Editora da UFRGS, 1988.
Se eu fosse Rothschild. Porto Alegre: L&PM, 1993.
Judaísmo: dispersão e unidade. São Paulo: Ática, 1994.
Oswaldo Cruz. Rio de Janeiro: Relume-Dumará, 1996.
A paixão transformada: história da medicina na literatura. São Paulo: Companhia das Letras, 1996.

Coleção L&PM POCKET

1. **Catálogo geral da Coleção**
2. **Poesias** – Fernando Pessoa
3. **O livro dos sonetos** – org. Sergio Faraco
4. **Hamlet** – Shakespeare/ trad. Millôr
5. **Isadora, fragmentos autobiográficos** – Isadora Duncan
6. **Histórias sicilianas** – G. Lampedusa
7. **O relato de Arthur Gordon Pym** – Edgar A. Poe
8. **A mulher mais linda da cidade** – Bukowski
9. **O fim de Montezuma** – Hernan Cortez
10. **A ninfomania** – D. T. Bienville
11. **As aventuras de Robinson Crusoé** – D. Defoe
12. **Histórias de amor** – A. Bioy Casares
13. **Armadilha mortal** – Roberto Arlt
14. **Contos de fantasmas** – Daniel Defoe
15. **Os pintores cubistas** – G. Apollinaire
16. **A morte de Ivan Ilitch** – L.Tolstoi
17. **A desobediência civil** – D. H. Thoreau
18. **Liberdade, liberdade** – F. Rangel e M. Fernandes
19. **Cem sonetos de amor** – Pablo Neruda
20. **Mulheres** – Eduardo Galeano
21. **Cartas a Théo** – Van Gogh
22. **Don Juan** – Molière – trad. Millôr Fernandes
24. **Horla** – Guy de Maupassant
25. **O caso de Charles Dexter Ward** – Lovecraft
26. **Vathek** – William Beckford
27. **Hai-Kais** – Millôr Fernandes
28. **Adeus, minha adorada** – Raymond Chandler
29. **Cartas portuguesas** – Mariana Alcoforado
30. **A mensageira das violetas** – Florbela Espanca
31. **Espumas flutuantes** – Castro Alves
32. **Dom Casmurro** – Machado de Assis
34. **Alves & Cia.** – Eça de Queiroz
35. **Uma temporada no inferno** – A. Rimbaud
36. **A corresp. de Fradique Mendes** – Eça de Queiroz
38. **Antologia poética** – Olavo Bilac
39. **Rei Lear** – W. Shakespeare
40. **Memórias póstumas de Brás Cubas** – Machado de Assis
41. **Que loucura!** – Woody Allen
42. **O duelo** – Casanova
44. **Gentidades** – Darcy Ribeiro
45. **Memórias de um Sarg. de Milícias** – Manuel A. de Almeida
46. **Os escravos** – Castro Alves
47. **O desejo pego pelo rabo** – Pablo Picasso
48. **Os inimigos** – Máximo Gorki
49. **O colar de veludo** – Alexandre Dumas
50. **Livro dos bichos** – Vários
51. **Quincas Borba** – Machado de Assis
53. **O exército de um homem só** – Moacyr Scliar
54. **Frankenstein** – Mary Shelley
55. **Dom Segundo Sombra** – Ricardo Güiraldes
56. **De vagões e vagabundos** – Jack London
57. **O homem bicentenário** – Isaac Asimov
58. **A viuvinha** – José de Alencar
59. **Livro das cortesãs** – Org. de Sergio Faraco
60. **Últimos poemas** – Pablo Neruda
61. **A moreninha** – Joaquim Manuel de Macedo
62. **Cinco minutos** – José de Alencar
63. **Saber envelhecer e a amizade** – Cícero
64. **Enquanto a noite não chega** – J. Guimarães
65. **Tufão** – Joseph Conrad
66. **Aurélia** – Gérard de Nerval
67. **I-Juca-Pirama** – Gonçalves Dias
68. **Fábulas de Esopo**
69. **Teresa Filósofa** – Anônimo do Séc. XVIII
70. **Aventuras inéditas de Sherlock Holmes** – A. C. Doyle
71. **Quintana de bolso** – Mario Quintana
72. **Antes e depois** – Paul Gauguin
73. **A morte de Olivier Bécaille** – Émile Zola
74. **Iracema** – José de Alencar
75. **Iaiá Garcia** – Machado de Assis
76. **Utopia** – Tomás Morus
77. **Sonetos para amar o amor** – Camões
78. **Carmem** – Prosper Mérimée
79. **Senhora** – José de Alencar
80. **Hagar, o horrível 1** – Dik Browne
81. **O coração das trevas** – Joseph Conrad
82. **Um estudo em vermelho** – Conan Doyle
83. **Todos os sonetos** – Augusto dos Anjos
84. **A propriedade é um roubo** – P.-J. Proudhon
85. **Drácula** – Bram Stoker
86. **O marido complacente** – Sade
87. **De profundis** – Oscar Wilde
88. **Sem plumas** – Woody Allen
89. **Os bruzundangas** – Lima Barreto
90. **O cão dos Baskervilles** – Conan Doyle
91. **Paraísos artificiais** – Charles Baudelaire
92. **Cândido, ou o otimismo** – Voltaire
93. **Triste fim de Policarpo Quaresma** – Lima Barreto
94. **Amor de perdição** – Camilo Castelo Branco
95. **Megera domada** – Shakespeare/Millôr
96. **O mulato** – Aluísio Azevedo
97. **O alienista** – Machado de Assis
98. **O livro dos sonhos** – Jack Kerouac
99. **Noite na taverna** – Álvares de Azevedo
100. **Aura** – Carlos Fuentes
102. **Contos gauchescos e Lendas do sul** – Simões Lopes Neto
103. **O cortiço** – Aluísio Azevedo
104. **Marília de Dirceu** – T. A. Gonzaga
105. **O Primo Basílio** – Eça de Queiroz
106. **O ateneu** – Raul Pompéia
107. **Um escândalo na Boêmia** – Conan Doyle
108. **Contos** – Machado de Assis
109. **200 Sonetos** – Luis Vaz de Camões
110. **O príncipe** – Maquiavel

111. A escrava Isaura – Bernardo Guimarães
112. O solteirão nobre – Conan Doyle
114. Shakespeare de A a Z – W. Shakespeare
115. A relíquia – Eça de Queiroz
117. O livro do corpo – Vários
118. Lira dos 20 anos – Álvares de Azevedo
119. Esaú e Jacó – Machado de Assis
120. A barcarola – Pablo Neruda
121. Os conquistadores – Júlio Verne
122. Contos breves – G. Apollinaire
123. Taipi – Herman Melville
124. Livro dos desaforos – Org. de S. Faraco
125. A mão e a luva – Machado de Assis
126. Doutor Miragem – Moacyr Scliar
127. O penitente – Isaac B. Singer
128. Diários da descoberta da América – Cristóvão Colombo
129. Édipo Rei – Sófocles
130. Romeu e Julieta – William Shakespeare
131. Hollywood – Charles Bukowski
132. Billy the Kid – Pat Garrett
133. Cuca fundida – Woody Allen
134. O jogador – Dostoiévski
135. O livro da selva – Rudyard Kipling
136. O vale do terror – Conan Doyle
137. Dançar tango em Porto Alegre – S. Faraco
138. O gaúcho – Carlos Reverbel
139. A volta ao mundo em oitenta dias – J. Verne
140. O livro dos esnobes – W. M. Thackeray
141. Amor & morte em Poodle Springs – Raymond Chandler & R. Parker
142. As aventuras de David Balfour – Stevenson
143. Alice no país das maravilhas – Lewis Carroll
144. A ressurreição – Machado de Assis
145. Inimigos, uma história de amor – I. Singer
146. O Guarani – José de Alencar
147. Cidade e as serras – Eça de Queiroz
148. Eu e outras poesias – Augusto dos Anjos
149. A mulher de trinta anos – Balzac
150. Pomba enamorada – Lygia F. Telles
151. Contos fluminenses – Machado de Assis
152. Antes de Adão – Jack London
153. Intervalo amoroso – Affonso Romano de Sant'Anna
154. Memorial de Aires – Machado de Assis
155. Naufrágios e comentários – Cabeza de Vaca
156. Ubirajara – José de Alencar
157. Textos anarquistas – Bakunin
158. O pirotécnico Zacarias – Murilo Rubião
159. Amor de salvação – Camilo Castelo Branco
160. O gaúcho – José de Alencar
161. O Livro das maravilhas – Marco Polo
162. Inocência – Visconde de Taunay
163. Helena – Machado de Assis
164. Uma estação de amor – Horácio Quiroga
165. Poesia reunida – Martha Medeiros
166. Memórias de Sherlock Holmes – Conan Doyle
167. A vida de Mozart – Stendhal
168. O primeiro terço – Neal Cassady
169. O mandarim – Eça de Queiroz
170. Um espinho de marfim – Marina Colasanti
171. A ilustre Casa de Ramires – Eça de Queiroz
172. Lucíola – José de Alencar
173. Antígona – Sófocles – trad. Donaldo Schüler
174. Otelo – William Shakespeare
175. Antologia – Gregório de Matos
176. A liberdade de imprensa – Karl Marx
177. Casa de pensão – Aluísio Azevedo
178. São Manuel Bueno, Mártir – Miguel de Unamuno
179. Primaveras – Casimiro de Abreu
180. O noviço – Martins Pena
181. O sertanejo – José de Alencar
182. Eurico, o presbítero – Alexandre Herculano
183. O signo dos quatro – Conan Doyle
184. Sete anos no Tibet – Heinrich Harrer
185. Vagamundo – Eduardo Galeano
186. De repente acidentes – Carl Solomon
187. As minas de Salomão – Rider Haggar
188. Uivo – Allen Ginsberg
189. A ciclista solitária – Conan Doyle
190. Os seis bustos de Napoleão – Conan Doyle
191. Cortejo do divino – Nelida Piñon
192. Cassino Royale – Ian Fleming
193. Viva e deixe morrer – Ian Fleming
194. Os crimes do amor – Marques de Sade
195. Besame Mucho – Mário Prata
196. Tuareg – Alberto Vázquez-Figueroa
197. O longo adeus – Raymond Chandler
198. Os diamantes são eternos – Ian Fleming
199. Notas de um velho safado – C. Bukowski
200. 111 ais – Dalton Trevisan
201. O nariz – Nicolai Gogol
202. O capote – Nicolai Gogol
203. Macbeth – William Shakespeare
204. Heráclito – Donaldo Schüler
205. Você deve desistir, Osvaldo – Cyro Martins
206. Memórias de Garibaldi – A. Dumas
207. A arte da guerra – Sun Tzu
208. Fragmentos – Caio Fernando Abreu
209. Festa no castelo – Moacyr Scliar
210. O grande deflorador – Dalton Trevisan
211. Corto Maltese na Etiópia – Hugo Pratt
212. Homem do príncipio ao fim – Millôr Fernandes
213. Aline e seus dois namorados – A. Iturrusgarai
214. A juba do leão – Sir Arthur Conan Doyle
215. Assassino metido a esperto – R. Chandler
216. Confissões de um comedor de ópio – Thomas De Quincey
217. Os sofrimentos do jovem Werther – J. Wolfgang Goethe
218. Fedra – Racine – Trad. Millôr Fernandes
219. O vampiro de Sussex – Conan Doyle
220. Sonho de uma noite de verão – Shakespeare
221. Dias e noites de amor e de guerra – Galeano
222. O Profeta – Khalil Gibran

223. Flávia, cabeça, tronco e membros – M. Fernandes
224. Guia da ópera – Jeanne Suhamy
225. Macário – Álvares de Azevedo
226. Etiqueta na Prática – Celia Ribeiro
227. Manifesto do partido comunista – Marx & Engels
228. Poemas – Millôr Fernandes
229. Um inimigo do povo – Henrik Ibsen
230. O paraíso destruído – Frei B. de las Casas
231. O gato no escuro – Josué Guimarães
232. O mágico de Oz – L. Frank Baum
233. Armas no Cyrano's – Raymond Chandler
234. Max e os felinos – Moacyr Scliar
235. Nos céus de Paris – Alcy Cheuiche
236. Os bandoleiros – Schiller
237. A primeira coisa que eu botei na boca – Deonísio da Silva
238. As aventuras de Simbad, o marújo
239. O retrato de Dorian Gray – Oscar Wilde
240. A carteira de meu tio – J. Manuel de Macedo
241. A luneta mágica – J. Manuel de Macedo
242. A metamorfose – Kafka
243. A flecha de ouro – Joseph Conrad
244. A ilha do tesouro – R. L. Stevenson
245. Marx - Vida & Obra – José A. Giannotti
246. Gênesis
247. Unidos para sempre – Ruth Rendell
248. A arte de amar – Ovídio
249. O sono eterno – Raymond Chandler
250. Novas receitas do Anonymus Gourmet – J. A. Pinheiro Machado
251. A nova catacumba – Conan Doyle
252. O Dr. Negro – Sir Arthur Conan Doyle
253. Os voluntários – Moacyr Scliar
254. A bela adormecida – Irmãos Grimm
255. O príncipe sapo – Irmãos Grimm
256. Confissões e Memórias – H. Heine
257. Viva o Alegrete – Sergio Faraco
258. Vou estar esperando – R. Chandler
259. A senhora Beate e seu filho – Schnitzler
260. O ovo apunhalado – Caio Fernando Abreu
261. O ciclo das águas – Moacyr Scliar
262. Millôr Definitivo – Millôr Fernandes
264. Viagem ao centro da terra – Júlio Verne
265. A dama do lago – Raymond Chandler
266. Caninos brancos – Jack London
267. O médico e o monstro – R. L. Stevenson
268. A tempestade – William Shakespeare
269. Assassinatos na rua Morgue – E. Allan Poe
270. 99 corruíras nanicas – Dalton Trevisan
271. Broquéis – Cruz e Sousa
272. Mês de cães danados – Moacyr Scliar
273. Anarquistas – vol. 1 – A idéia – G. Woodcock
274. Anarquistas – vol. 2 – O movimento – George Woodcock
275. Pai e filho, filho e pai – Moacyr Scliar
276. As aventuras de Tom Sawyer – Mark Twain
277. Muito barulho por nada – W. Shakespeare
278. Elogio à Loucura – Erasmo
279. Autobiografia de Alice B. Toklas – G. Stein
280. O chamado da floresta – J. London
281. Uma agulha para o diabo – Ruth Rendell
282. Verdes vales do fim do mundo – A. Bivar
283. Ovelhas negras – Caio Fernando Abreu
284. O fantasma de Canterville – O. Wilde
285. Receitas de Yayá Ribeiro – Celia Ribeiro
286. A galinha degolada – H. Quiroga
287. O último adeus de Sherlock Holmes – Arthur Conan Doyle
288. A. Gourmet em Histórias de cama & mesa – J. A. Pinheiro Machado
289. Topless – Martha Medeiros
290. Mais receitas do Anonymous Gourmet – J. A. Pinheiro Machado
291. Origens do discurso democrático – Donaldo Schüler
292. Humor politicamente incorreto – Nani
293. O teatro do bem e do mal – E. Galeano
294. Garibaldi & Manoela – J. Guimarães
295. 10 dias que abalaram o mundo – John Reed
296. Numa fria – Charles Bukowski
297. Poesia de Florbela Espanca vol. 1
298. Poesia de Florbela Espanca vol. 2
299. Escreva certo – É. Oliveira e M. E. Bernd
300. O vermelho e o negro – Stendhal
301. Ecce homo – Friedrich Nietzsche
302. Comer bem, sem culpa – Dr. Fernando Lucchese, A. Gourmet e Iotti
303. O livro de Cesário Verde – Cesário Verde
304. O reino das cebolas – C. Moscovich
305. 100 receitas de macarrão – S. Lancellotti
306. 160 receitas de molhos – S. Lancellotti
307. 100 receitas light – H. e Â. Tonetto
308. 100 receitas de sobremesas – Celia Ribeiro
309. Mais de 100 dicas de churrasco – Leon Diziekaniak
310. 100 receitas de acompanhamentos – C. Cabeda
311. Honra ou vendetta – S. Lancellotti
312. A alma do homem sob o socialismo – Oscar Wilde
313. Tudo sobre Yôga – Mestre De Rose
314. Os varões assinalados – Tabajara Ruas
315. Édipo em Colono – Sófocles
316. Lisístrata – Aristófanes/ trad. Millôr
317. Sonhos de Bunker Hill – John Fante
318. Os deuses de Raquel – Moacyr Scliar
319. O colosso de Marússia – Henry Miller
320. As eruditas – Molière/ trad. Millôr
321. Radicci 1 – Iotti
322. Os Sete contra Tebas – Ésquilo
323. Brasil Terra à Vista – Eduardo Bueno
324. Radicci 2 – Iotti
325. Júlio César – William Shakespeare
326. A carta de Pero Vaz de Caminha
327. Cozinha Clássica – Sílvio Lancellotti
328. Madame Bovary – Gustave Flaubert
329. Dicionário do viajante insólito – M. Scliar

330. **O capitão saiu para o almoço...** – Bukowski
331. **A carta roubada** – Edgar Allan Poe
332. **É tarde para saber** – Josué Guimarães
333. **O livro de bolso da Astrologia** – Maggy Harrissonx e Mellina Li
334. **1933 foi um ano ruim** – John Fante
335. **100 receitas de arroz** – Aninha Comas
336. **Guia prático do Português correto – vol. 1** – Cláudio Moreno
337. **Bartleby, o escriturário** – H. Melville
338. **Enterrem meu coração na curva do rio** – Dee Brown
339. **Um conto de Natal** – Charles Dickens
340. **Cozinha sem segredos** – J. A. P. Machado
341. **A dama das Camélias** – A. Dumas Filho
342. **Alimentação saudável** – H. e Â. Tonetto
343. **Continhos galantes** – Dalton Trevisan
344. **A Divina Comédia** – Dante Alighieri
345. **A Dupla Sertanojo** – Santiago
346. **Cavalos do amanhecer** – Mario Arregui
347. **Biografia de Vincent van Gogh por sua cunhada** – Jo van Gogh-Bonger
348. **Radicci 3** – Iotti
349. **Nada de novo no front** – E. M. Remarque
350. **A hora dos assassinos** – Henry Miller
351. **Flush - Memórias de um cão** – Virginia Woolf
352. **A guerra no Bom Fim** – M. Scliar
353. (1).**O caso Saint-Fiacre** – Simenon
354. (2).**Morte na alta sociedade** – Simenon
355. (3).**O cão amarelo** – Simenon
356. (4).**Maigret e o homem do banco** – Simenon
357. **As uvas e o vento** – Pablo Neruda
358. **On the road** – Jack Kerouac
359. **O coração amarelo** – Pablo Neruda
360. **Livro das perguntas** – Pablo Neruda
361. **Noite de Reis** – William Shakespeare
362. **Manual de Ecologia** – vol.1 – J. Lutzenberger
363. **O mais longo dos dias** – Cornelius Ryan
364. **Foi bom prá você?** – Nani
365. **Crepusculário** – Pablo Neruda
366. **A comédia dos erros** – Shakespeare
367. (5).**A primeira investigação de Maigret** – Simenon
368. (6).**As férias de Maigret** – Simenon
369. **Mate-me por favor (vol.1)** – L. McNeil
370. **Mate-me por favor (vol.2)** – L. McNeil
371. **Carta ao pai** – Kafka
372. **Os Vagabundos iluminados** – J. Kerouac
373. (7).**O enforcado** – Simenon
374. (8).**A fúria de Maigret** – Simenon
375. **Vargas, uma biografia política** – H. Silva
376. **Poesia reunida (vol.1)** – A. R. de Sant'Anna
377. **Poesia reunida (vol.2)** – A. R. de Sant'Anna
378. **Alice no país do espelho** – Lewis Carroll
379. **Residência na Terra 1** – Pablo Neruda
380. **Residência na Terra 2** – Pablo Neruda
381. **Terceira Residência** – Pablo Neruda
382. **O delírio amoroso** – Bocage
383. **Futebol ao sol e à sombra** – E. Galeano
384. (9).**O porto das brumas** – Simenon
385. (10).**Maigret e seu morto** – Simenon
386. **Radicci 4** – Iotti
387. **Boas maneiras & sucesso nos negócios** – Celia Ribeiro
388. **Uma história Farroupilha** – M. Scliar
389. **Na mesa ninguém envelhece** – J. A. P. Machado
390. **200 receitas inéditas do Anonymus Gourmet** – J. A. Pinheiro Machado
391. **Guia prático do Português correto – vol. 2** – Cláudio Moreno
392. **Breviário das terras do Brasil** – Luiz Antonio de Assis Brasil
393. **Cantos Cerimoniais** – Pablo Neruda
394. **Jardim de Inverno** – Pablo Neruda
395. **Antonio e Cleópatra** – William Shakespeare
396. **Tróia** – Cláudio Moreno
397. **Meu tio matou um cara** – Jorge Furtado
398. **O anatomista** – Federico Andahazi
399. **As viagens de Gulliver** – Jonathan Swift
400. **Dom Quixote – v.1** – Miguel de Cervantes
401. **Dom Quixote – v.2** – Miguel de Cervantes
402. **Sozinho no Pólo Norte** – Thomas Brandolin
403. **Matadouro Cinco** – Kurt Vonnegut
404. **Delta de Vênus** – Anaïs Nins
405. **Hagar 2** – Dick Browne
406. **É grave Doutor?** – Nani
407. **Orai pornô** – Nani
408. (11).**Maigret em Nova York** – Simenon
409. (12).**O assassino sem rosto** – Simenon
410. (13).**O mistério das jóias roubadas** – Simenon
411. **A irmãzinha** – Raymond Chandler
412. **Três contos** – Gustave Flaubert
413. **De ratos e homens** – John Steinbeck
414. **Lazarilho de Tormes**
415. **Triângulo das águas** – Caio Fernando Abreu
416. **100 receitas de carnes** – Sílvio Lancellotti
417. **Histórias de robôs: volume 1** – Isaac Asimov
418. **Histórias de robôs: volume 2** – Isaac Asimov
419. **Histórias de robôs: volume 3** – Isaac Asimov
420. **O país dos centauros** – Tabajara Ruas
421. **A república de Anita** – Tabajara Ruas
422. **A carga dos lanceiros** – Tabajara Ruas
423. **Um amigo de Kafka** – Isaac Singer
424. **As alegres matronas de Windsor** – Shakespeare
425. **Amor e exílio** – Isaac Bashevis Singer

Coleção **L&PM** POCKET / SAÚDE

1. **Pílulas para viver melhor** – Dr. Lucchese
2. **Pílulas para prolongar a juventude** – Dr. Lucchese
3. **Desembarcando o Diabetes** – Dr. Lucchese
4. **Desembarcando o Sedentarismo** – Dr. Fernando Lucchese e Cláudio Castro
5. **Desembarcando a Hipertensão** – Dr. Lucchese